IL ÉTAIT TANT ELLE L'AIMAIT

GENEMO

IL ÉTAIT TANT ELLE L'AIMAIT

roman

Prologue

Ce carnet est pour ma moitié.

Au moment où j'écris ces lignes, je ne t'ai pas encore rencontrée, mais je suis sûr que ça arrivera. Peu importe où tu m'attends, je trouverai un moyen de te rejoindre. Tu existes, c'est la seule certitude que j'ai à ce jour, et ça me suffit pour avancer. Ce n'est plus qu'une question de temps, et le temps fera ses preuves.

La première chose que je ferai en te voyant sera de te tendre ce cahier.

J'espère qu'un jour, on pourra le lire ensemble.

Arnold.

16 Mars 1850

Mes parents ont enfin accepté de m'acheter un journal. Je leur ai fait croire que je me posais des centaines de questions, mais que je les oubliais systématiquement avant de pouvoir les énoncer à mon professeur. Avec un argument pareil, ils ne pouvaient pas refuser ! J'espère juste qu'ils ne me demanderont jamais de leur montrer son contenu. Mais qu'importe, je peux te parler et c'est tout ce qui compte.

Je suis sincèrement désolé de ne pas t'appeler par ton prénom. À vrai dire, je ne le connais pas... alors je t'appellerai « âme sœur » si tu n'y vois pas d'inconvénient.

Tu n'es pas sans savoir que tout ce que j'écris ici est pour toi. Ça fait depuis que je suis né que je ne pense qu'à toi. Dès mon plus jeune âge, j'ai eu l'impression de te chercher, sans réellement savoir où. Je préférais garder ça pour moi, car je craignais qu'on se moque de moi.

J'ai toutefois confié mon secret à une personne : Isabella.

Isabella est ma meilleure amie depuis nos 4 ans. Elle est digne de confiance, et c'est vraiment une personne en or, la seule qui me comprenne dans ce monde (pour l'instant !) et je ne sais pas ce que je ferais sans elle. Je me permets de parler d'elle avec des mots aussi forts, car je sais que mon amour pour toi dépasse de loin toute l'affection que j'ai pour elle. Tu n'as pas à te sentir jalouse d'elle, je peux te l'assurer.

Mes parents sont persuadés que j'ai jeté mon dévolu sur Isabella. Selon eux, l'amitié entre garçon et fille n'est pas possible. Et comme je passe énormément de temps avec elle, ils en sont vite venus à cette conclusion. Mais je m'en fiche.

Je devrais peut-être parler de moi ? Le problème, c'est que je ne sais pas quoi dire. C'est vrai, quoi, ma vie me semble si banale et morne sans toi.

De toute façon, je me doute que tu en apprendras plus sur moi en lisant mon journal. Ce n'est pas à ça qu'il sert, mais je pense que ça me fera du bien de coucher mes états d'âme sur le papier.

Je me sens si loin de toi et je ne sais rien à ton sujet. Je suppose que c'est pareil pour toi ? Comment ferons-nous pour nous retrouver, dans ce cas ?

J'avais bien une idée, mais c'était un échec.

Connais-tu les Laby ? Ce sont des créatures magiques qui exaucent n'importe lequel de nos vœux. En théorie, on doit taire cette information aux personnes qui l'ignorent, mais je refuse de te laisser dans l'insouciance, comme mes parents l'ont fait avec moi. De nombreux Laby vivent parmi nous. Ils peuvent apparaitre n'importe où et à n'importe quel moment. Lorsque l'un d'entre eux surgit devant nous, on est obligé de lui réclamer un souhait. Ensuite, on ne voit plus jamais le moindre Laby de toute notre vie. Un unique vœu par personne, et puis c'est tout...

Je sais que ça parait délirant, mais je t'assure que c'est la vérité (j'espère que tu es déjà au courant leur existence, ça simplifierait beaucoup les choses).

Quoi qu'il en soit, j'ai rencontré l'un d'entre eux il y a quelques semaines. Je me rendais à l'école par une petite ruelle dont moi seul connais l'existence (je veux éviter la rue principale, je t'expliquerai pourquoi un jour) et il est apparu devant moi sans prévenir. Le vent s'est mis à souffler tellement fort que j'ai bien cru que j'allais tomber à la renverse. C'était la créature la plus hideuse que je n'ai jamais vue de toute ma vie. On aurait dit le yeti, sauf que son pelage était bleu. Ses bras, très longs, touchaient presque le sol, et son sourire atteignait ses oreilles. J'ai tenté de fuir, mais il m'en a empêché par je ne sais quelle magie. Mes membres étaient paralysés et je ne sentais plus que le souffle du vent dans mes cheveux. Il s'est approché de moi et m'a expliqué qui il était. J'avais à peine le temps de comprendre la situation qu'il m'ordonnait déjà d'émettre un vœu.

Alors j'ai obéi...

J'ai bêtement souhaité de savoir si mon âme sœur existait quelque part, et si elle m'attendait. Voilà sa réponse : « Elle t'attend depuis sa naissance, comme toi ».

Puis il a marmonné d'étranges mots avant de disparaitre comme il était apparu.

J'ai mis plusieurs minutes à reprendre mes esprits. Je venais peut-être de perdre la meilleure occasion que j'avais pour te retrouver, mais au moins, ça m'a permis de comprendre une chose : tu existes. Cette créature, ce Laby, est probablement l'être le plus puissant au monde... et il a confirmé mes rêves les plus fous ; tu existes.

Tu existes. Bon sang, TU EXISTES.

Il ne me reste plus qu'à te trouver, désormais. Je sais que tu m'attends, et ta patience portera ses fruits, je te l'assure.

Je remuerai ciel, terre et mer, si nécessaire. Et même si ça me prend 80 ans, je te rejoindrai.

C'est une promesse.

17 Mars 1850

Chère âme sœur,

Je n'ai pas pu fermer l'œil de la nuit. J'ai passé mon temps à échafauder un plan pour te trouver.

Soyons honnêtes un instant ; nous avons peu de chances de nous croiser au hasard dans la rue. Des centaines de millions de personnes existent, et frapper à toutes les portes me prendrait une éternité.

J'ai passé en revue toutes les possibilités et je ne vois qu'un seul moyen : les Laby.

S'ils sont capables d'exaucer n'importe lequel de nos désirs, ils pourront réaliser cette prouesse. Mais, comme tu le sais déjà, j'ai déjà utilisé mon vœu. Je pourrais attendre que tu souhaites me trouver, mais qui sait, tu as peut-être déjà croisé une de ces créatures et tu as paniqué tout comme moi. Tant que je ne serai pas certain que tu as bel et bien un vœu en réserve, je ne peux pas courir le risque de patienter pour rien.

J'ai besoin d'en obtenir un autre.

Le problème, c'est que c'est catégorique : un seul souhait par personne. Aucune exception à cela (à ma connaissance). Alors, il ne me reste qu'une option ; je devrai convaincre quelqu'un de faire son vœu pour moi. Le second souci, c'est que je ne connais personne qui acceptera une telle requête, sauf peut-être ma meilleure amie.

Ma meilleure amie…

Oui, je ferai ça. Dès demain, j'en parle à Isabella.

19 Mars 1850

Chère âme sœur,

Je n'ai pas eu l'occasion d'écrire hier, j'en suis désolé. Je n'ai pas non plus eu le temps de discuter avec Isabella à cause de Sylvain Rough (un de mes camarades de classe). Cet idiot a jugé bon de me pourchasser dans toute la cour avec la serviette qui sert à essuyer le tableau. Quand il m'a attrapé, il s'est mis à me fouetter et mes vêtements sont devenus blancs de craie. Il a même tenté de me faire manger la serviette et j'ai toussé pendant plusieurs minutes. Le pire, c'est que mon professeur, monsieur Mars, m'a puni pour ça, car, je cite : « Ce n'est pas une tenue convenable pour un établissement scolaire ». J'ai alors dû rester après l'école pour rédiger des lignes. Et comme si ce n'était pas suffisant, mon paternel, furieux que j'arrive en retard, m'a enfermé dehors pendant toute la soirée. Une joie.

Bref, j'ai dû remettre mes projets au lendemain.

Ce matin, j'ai pris la rue principale pour aller chez Isabella. Je voulais me rendre à l'école en sa compagnie pour lui parler des Laby (je crois qu'elle n'est pas au courant, comme la plupart des gens qui n'ont toujours pas réalisé leur souhait). Mais son père a insisté pour nous accompagner. Je l'aime beaucoup, mais il a un don pour se trouver là où je n'ai pas envie qu'il soit. Et une fois dans la cour de récréation avec les élèves et le regard perçant de monsieur Mars, on ne peut pas avoir de conversation privée. Tant pis, je réessayerai demain (je sais qu'elle adore aller à la bibliothèque le jeudi avant de rentrer chez elle, ça sera le moment idéal).

Comme il me reste un peu de temps avant d'aller dormir, je vais t'expliquer pourquoi je n'aime pas emprunter la rue principale la matinée (ni le soir, d'ailleurs). Ça se résume en deux mots : madame Johnson.

Quelle casse-pieds ! Tous les matins, elle attend devant la porte de sa maison et elle me demande si je veux entrer prendre un thé. Je lui dis systématiquement que je n'ai pas le temps parce que je vais être en retard à l'école, et à chaque fois elle insiste. Dit comme ça, ce n'est pas grand-chose, mais je peux t'assurer que plus on l'évite, mieux on se porte ! Et si tu ne me crois pas, je serais ravi de te la présenter quand on se connaitra (je plaisante, je ferai tout pour te protéger de cette folle à lier [et je mesure mes propos la concernant, c'est dire !]).

Allez, je ferais mieux de dormir, je manque de sommeil.

À demain,

Arnold.

PS Je ne sais pas pourquoi j'ai signé avec mon nom. Une habitude, je suppose.

20 Mars 1850

Chère âme sœur,

Il s'en est passé des choses, aujourd'hui, et pas que du positif. Je t'explique :

D'abord, j'arrive en retard à l'école. Mon père ne m'a pas réveillé en partant travailler. Il m'a dit : « Tu es assez grand pour te lever seul. Il est temps que tu prennes tes responsabilités, maintenant. » Alors je lui ai demandé si je pouvais aller me coucher à l'heure que je voulais, et que j'en assumerai la responsabilité, mais il ne m'a pas répondu (ça veut dire non).

J'ai couru jusqu'à l'école et je suis arrivé pile à temps pour me placer dans le rang, à l'arrière. Mais j'ai bien vu que monsieur Mars avait remarqué mon petit retard. Lorsque les autres élèves et moi avons pénétré dans le bâtiment, il m'a arrêté devant la porte et a critiqué ma tenue vestimentaire. Il a dit que nous étions dans une école civilisée et m'a prié de mettre ma chemise dans mon pantalon. J'étais tellement gêné, car je savais que cet idiot de Sylvain Rough était en train de se moquer de moi depuis la fenêtre de la classe. Celui-là, il n'en rate pas une. Il est toujours le petit élève modèle, assis à l'avant de la classe et des rangs. Monsieur Mars ne lui fait jamais aucune remarque, tout ça parce que son père lui offre des tonnes et des tonnes de bougies (si seulement le mien pouvait en faire autant).

Et oui, on peut acheter notre professeur sans problème. Il n'aime que deux choses en ce monde : les bougies, et l'actualité. Il parait qu'il prend des centaines de milliers de notes qu'il conserve à la bibliothèque du village. Isabella dit qu'elle les lit très souvent et que monsieur Mars est un homme très intelligent et distingué… Ça se voit qu'elle ne l'a jamais eu en tant qu'enseignant.

Quoi qu'il en soit, mon professeur ne m'a pas laissé tranquille de toute la journée. C'est à croire qu'il me suit partout. Dès que je fais le moindre truc de travers, il surgit dans la seconde et me met une punition. J'en viens à penser qu'il a de petites troupes d'élèves entrainées à m'espionner.

Cela dit, ça m'a été bien utile aujourd'hui. À midi, j'ai renversé un peu d'eau sur mon pantalon et il m'a « accordé » deux heures de recherches à la bibliothèque pour m'apprendre la valeur de l'eau. J'étais un peu en colère au début, mais j'avais prévu de m'y rendre, de toute façon. Ainsi, j'avais l'alibi parfait pour discuter avec Isabella. Non pas que j'ai besoin d'une raison pour parler avec ma meilleure amie, mais pour aborder le thème des Laby j'étais satisfait d'avoir trouvé un autre sujet à mettre sur le tapis au préalable.

Je me suis donc rendu sur la place Sainte-Cassandre vers 17 h et j'ai attendu d'apercevoir Isabella. Je l'ai interpelée et nous avons fait une partie du trajet vers la bibliothèque ensemble. Je lui ai expliqué le motif de ma punition et elle s'est contentée de dire que j'avais toujours été maladroit. Ce n'est pas demain la veille qu'elle critiquera monsieur Mars en ma compagnie. Dommage.

Ensuite, nous avons atteint notre destination et c'est là que ça devient intéressant. J'ai laissé le soin à Isabella de choisir nos sièges tandis que je donnais le petit mot de monsieur Mars au personnel de la bibliothèque (évidemment, il voulait une preuve que je m'y suis bien rendu). Lorsque j'ai pris place à côté d'elle, son visage était déjà plongé dans un ouvrage quelconque. J'ai posé ma main sur son livre et l'ai invitée à la discussion.

J'avais peur que le bibliothécaire nous empêche de bavarder, mais, à ce niveau-là, tout s'est bien déroulé. J'ai toutefois joué la sécurité, en chuchotant.

De toute évidence, mon amie n'était pas au courant pour les Laby. Quand je lui ai tout expliqué, son visage est devenu livide comme jamais auparavant. Elle a resserré fermement sa main droite sur une de ses tresses et ses jambes tremblaient si fort que la table à laquelle on se trouvait s'est mise à vrombir.

Je connais mal ma camarade, j'étais persuadé qu'elle allait prendre mes propos pour une plaisanterie, mais elle n'a pas remis ma parole en doute une seule fois. Elle est de nature très organisée, je ne serais pas étonné si j'apprenais qu'elle a déjà détaillé les 20 prochaines années de son existence. Forcément, quelque chose d'aussi imprévisible que des créatures capables de réaliser des souhaits allait la déstabiliser. Je ne savais pas comment calmer son angoisse, alors je me suis contenté de parler, ce que je n'aurais peut-être pas dû faire. Plus je lui exposais mon plan, plus elle s'agitait sur sa chaise, c'était une situation très étrange.

Elle n'a pas dit un mot, mais je suis certain qu'elle m'a entendu. Quand je lui ai demandé si elle voulait être partante pour m'aider à te trouver, elle s'est levée et a quitté la bibliothèque. Malheureusement, je ne pouvais pas sortir, car j'étais tenu d'y rester deux heures. Je pense qu'elle doit faire le tri dans sa tête ; c'était beaucoup d'informations d'un coup.

Mais au moins, elle connait mon plan. Elle sait que j'aurai besoin d'elle pour te retrouver et que j'aimerais qu'elle fasse un vœu pour moi. Je n'ai plus qu'à attendre sa réponse, en espérant que ce sera un oui. Mais je ne vais pas être trop optimiste, si c'était moi, je ne donnerai jamais mon souhait à quelqu'un d'autre, même à Isabella.

J'espère avoir l'occasion de lui parler demain, je te tiens au courant,
Arnold.
PS, je dois vraiment arrêter de signer avec mon nom.

21 Mars 1850

Chère âme sœur,

Ce matin, lorsque je me suis rendu à l'école, j'ai rapidement constaté que les cours ne se tiendraient pas aujourd'hui. Monsieur Mars était absent et il le sera jusqu'à mardi, ce qui signifie que je serai libre pendant quatre jours complets ! Ma mère m'a dit de remercier notre famille, car c'est grâce à elle que je peux avoir du temps libre quand je n'ai pas école. Elle me dit que, dans la plupart des autres foyers, les enfants doivent travailler dur et n'ont pas toujours accès à l'éducation, j'ignore comment ils font…

Quoi qu'il en soit, j'ai bien l'intention de profiter de ces jours de repos pour avancer dans mon objectif. Je vais aller chez Isabella et discuter à nouveau avec elle, j'ai besoin de mettre les choses au clair.

J'emporterai mon carnet avec moi. Je n'ose pas le prendre à l'école à cause de Sylvain Rough et sa bande de brutes, mais je sais que, chez Isabella, je ne risque rien.

Je te donne des nouvelles au plus vite.

Je suis actuellement chez Isabella ! Elle est juste en face de moi, en train de faire je ne sais trop quoi (on dirait qu'elle court sur place, pour évacuer le stress, j'imagine). Je lui ai parlé de mon carnet, de mon souhait, etc. Je pense avoir beaucoup répété mes propos d'hier, mais c'était important. Et comme je le craignais, elle refuse de faire son vœu pour moi. Elle m'a cependant garanti qu'elle allait tout faire pour me rendre service. Venant de n'importe qui, ça voudrait dire « Je ne t'aiderai pas, mais je reste poli », mais je sais qu'elle était sincère, elle n'est pas hypocrite. Alors, elle contribuera à mes efforts, c'est une bonne chose. Je lui suggèrerai d

Pardon, elle s'est mise à me parler au moment où j'écrivais. Je suis toujours chez elle, on vient de discuter pendant plusieurs minutes. Elle avait l'air plus motivée que moi, elle dit qu'elle a vraiment à cœur de m'aider, ça me touche beaucoup, même si ça ne m'étonne pas venant d'elle.

Nous avons pensé à quelque chose : lorsqu'elle rencontrera un Laby, elle formulera le souhait de posséder plusieurs vœux. Si ça fonctionne, elle en utilisera un pour que je puisse aussi en avoir plusieurs. Mais ça me sidèrerait qu'une telle demande marche. Ça se serait déjà vu, sinon.

Je vais partir du principe que sa requête ne fonctionnera pas. Par conséquent, je dois trouver quelqu'un qui accepterait de m'offrir son vœu. Pour cela, je n'ai besoin que d'une monnaie d'échange, quelque chose qui vaut plus cher qu'un souhait… et je crois avoir une idée.

Son père nous propose des jus, j'en siroterai un peu avant de rentrer à la maison. Je ne pense plus t'écrire aujourd'hui. À demain.

22 Mars 1850

C'est pas vrai, c'est pas vrai, c'est pas vrai !

Tu ne devineras jamais ce qui est arrivé, ou plutôt, ce qui arrivera.

Mes parents me garantissent qu'un Laby sera présent sur la place Sainte-Cassandre demain à midi. C'est dans notre village ! Je n'en reviens pas. On dit que des Laby font souvent des apparitions programmées à divers endroits, mais c'est la première fois que l'un d'entre eux s'arrête aussi près de chez nous. De ce que j'ai compris, les parents sont tenus de garder leurs enfants à l'écart de la place pendant ce temps (sauf ceux qui ont déjà réclamé leur souhait, comme moi). Une dizaine d'adultes doit également être préservée de tout ça, rien que dans notre quartier ! Mes parents disent que c'est la mesure habituelle : il faut à tout prix empêcher les gens d'apprendre leur existence. Ce sont les Laby eux-mêmes qui doivent expliquer cette information (POURQUOI ? Je ne comprends pas cette logique.) Je leur ai lancé que c'était absurde, car si seulement ceux qui ont déjà fait un souhait sont au courant, alors personne n'ira en réclamer au Laby. Mais mon père m'a dit que j'étais insolent, et je me suis tu.

En tout cas, je suis content d'avoir discuté avec ma mère l'autre jour. Je ne t'en ai pas parlé, mais je lui ai confié ma rencontre avec le Laby de la dernière fois. Si je ne l'avais pas fait, mes parents m'auraient tenu à l'écart, comme tous les autres enfants. Je n'aurais même pas été au courant pour le rendez-vous à la place Sainte-Cassandre de demain. (J'y pense, mais comment font les adultes pour savoir où et quand sera la prochaine apparition ?)

Quoi qu'il en soit, j'ai bien l'intention de profiter de cette opportunité unique. Statistiquement, plus on est jeune, moins on a de chance d'avoir rencontré un Laby par le passé, alors je vais me tourner vers les élèves de mon école. La plupart d'entre eux ne m'apprécient pas, mais je connais quelqu'un que je pourrais convaincre de m'aider : Alphonse.

Alphonse est un petit garçon monstrueusement intelligent. Je dis « petit garçon », car il fait une tête de moins que moi et qu'il est beaucoup plus jeune. Ses parents l'ont admis dans notre classe, parce que son intellect surpasse celui de tous les enfants de son âge. Il est la victime préférée de Sylvain Rough (tout le monde le sait, mais personne ne fait rien). Alphonse a beau être mille fois plus intelligent que moi, il n'en reste pas moins influençable.

J'ai le choix entre deux options. Soit, je lui promets une place dans un groupe respecté de l'école (ce que je ne suis pas en mesure de lui donner, à moins de graisser la patte d'un ou une élève populaire). Soit, je lui parle sincèrement de l'idée qui germe en moi depuis ma dernière discussion avec Isabella... Je suis sûr qu'il comprendrait et qu'il y adhèrerait.

Oui. Je vais partir sur la deuxième option.

Je sais où il habite, je vais lui rendre une petite visite.

Alphonse est partant. C'est dingue à quel point il est futé ; il m'a avoué qu'il se doutait de l'existence des Laby (bien qu'il était un peu à côté de la plaque en ce qui concerne leur fonction). À peine avais-je fini mon explication qu'il l'a approuvée dans la seconde. Je pense qu'il a fait des centaines de milliers de liens dans sa tête pendant que je lui parlais. C'est génial de pouvoir compter sur quelqu'un d'aussi malin qui partage mes ambitions.

Ah oui, quand je dis « ambitions », je ne parle pas simplement de te retrouver, mon âme sœur. Je suis convaincu qu'on peut y arriver tout en allant bien plus loin, et Alphonse est du même avis. Si l'on réussit à faire ce qu'on a en tête, non seulement tu seras à mes côtés, mais tu auras droit à tout ce dont tu as toujours rêvé, et bien plus.

Comme Isabella l'a évoqué l'autre jour, l'objectif est de multiplier les vœux. Je lui en reparlerai, mais je pense qu'elle est encore partante. Alphonse dit que, si ça ne fonctionne pas, le mieux serait de souhaiter obtenir divers renseignements sur les Laby. Il dit que plus on les comprend, meilleures sont nos chances de les exploiter. Cet enfant m'a vraiment beaucoup étonné, je le voyais comme quelqu'un de coincé, mais il a drôlement pris les choses en main, ça m'a un peu surpris.

Toujours selon lui, d'autres personnes nous seraient nécessaires pour nous assurer d'avoir suffisamment de souhaits. Si l'on réussit notre objectif, faire « perdre » leurs vœux aux gens ne sera pas grave. Il aurait apparemment trois amis avec qui il discute régulièrement (et moi qui pensais qu'il n'avait que ses grands-parents). Il est sûr à 87 % que deux d'entre eux accepteront sans réfléchir, et que le troisième les imitera à contrecœur. Il devrait être en train de leur parler au moment où j'écris ces lignes.

Dès demain, les choses changeront et, si l'on suit le plan à la lettre, on sera vite réunis.

Je t'aime.

PS : (note pour plus tard : surveiller Alphonse et calmer ses ardeurs s'il prend trop d'initiative).

23 Mars 1850

Chère âme sœur,

Malheureusement, ce n'est pas aujourd'hui que nous serons réunis, mais je m'en doutais.

Comme prévu, nous nous sommes rendus sur la place Sainte-Cassandre dans la matinée en compagnie d'Isabella, ainsi qu'Alphonse et ses trois amis. Je me suis d'abord heurté à un problème inattendu, à savoir le père d'Isabella. Que cet homme est gentil, mais il est d'une lenteur ! C'est lui qui m'a ouvert la porte lorsque j'y suis allé, ce matin. J'ai dû à maintes reprises lui répéter que je devais voir Isabella de toute urgence, mais me proposer à manger et à boire semblait plus important pour lui. Quand il a enfin accepté d'aller la chercher, j'ai cru que je devenais fou. Il faisait attention à chacun de ses pas, comme s'il devait éviter des pièges sur le sol. Il a mis plusieurs minutes pour traverser leur couloir et frapper à la porte de la chambre d'Isabella, et je ne plaisante même pas !

Heureusement que sa fille est beaucoup plus énergique. Nous avons quitté les lieux dès qu'elle m'a aperçu, et je lui ai tout expliqué en route. Elle s'est portée garante pour passer la première devant le Laby, et réclamer son vœu. Nous avons pratiquement couru jusqu'à la place pour y rejoindre nos quatre nouveaux camarades.

J'ignore pourquoi on n'y a pas pensé, mais c'était bondé ! Des centaines de personnes attendaient comme nous l'arrivée du Laby. On savait qu'il allait débarquer aux alentours de midi, mais on ignorait où exactement. L'idéal aurait été qu'il apparaisse juste en face de nous, pour qu'Isabella et les autres puissent formuler leur vœu avant que les gens ne se précipitent vers la créature. On ne savait pas combien de temps il allait rester, alors on voulait être rapide.

On s'est assis sur le muret qui entoure l'arbre au centre de la place, bien espacés les uns les autres de sorte qu'on puisse voir tout le périmètre à nous six. Je ne me trouvais pas du plus beau côté… j'avais vue sur la seule maison délabrée de toute l'agglomération. Alors que mes camarades faisaient face aux belles bâtisses qui contribuent à la réputation de notre village. Mais ce n'était pas grave, le plus important était de garder les yeux rivés sur tout ce qui bouge. On regardait chaque passant, chaque chat, chaque mouvement qui nous paraissait suspect, tout. On s'est dit à maintes reprises que le Laby ne pourrait échapper à notre vigilance, et que, dès qu'il serait là, le premier qui l'apercevrait avertirait les autres immédiatement.

On s'attendait à le voir partout, même dans les trois rues qui sont reliées à la place. Mais on n'avait pas anticipé qu'il apparaisse juste à côté de l'arbre, derrière un des amis d'Alphonse (je crois qu'il s'appelle Timmy). Il a poussé le cri le plus aigu que j'ai eu l'occasion d'entendre de toute ma vie. Ce serait dans d'autres circonstances, je me serais moqué de lui, mais ce n'était pas trop le moment. La créature a émergé sans faire de bruit et a posé ses deux grosses mains bleues sur les épaules de Tommy (Terry ? Bah, peu importe). Nous nous sommes tout de suite tournés vers lui à la suite de son hurlement. Et évidemment, ce n'est pas passé inaperçu. Des dizaines de passants se sont mis à courir vers le centre de la place. Je pouvais entendre une partie d'entre eux crier « Je souhaite ceci », « Je désire cela ». Ils se bousculaient les uns les autres et l'un d'eux a même fait tomber Isabella du muret (heureusement, elle s'en est tirée sans égratignures). Tout ça pour grimper par-dessus et se retrouver de l'autre côté de l'arbre, là où était le monstre aux poils bleus et au sourire fendant son visage. C'est comme si le monde avait perdu toute bienséance, quel triste spectacle.

Le temps s'est mis à s'agiter, comme la dernière fois… (d'ailleurs, on aurait dit qu'il était différent du Laby que j'avais rencontré, celui-là avait le haut de la figure en moins). Des bourrasques se sont levées et le ciel, précédemment lumineux, s'est couvert dans la seconde. La créature nous a demandé de nous reculer avec une petite voix criarde. Tout le monde lui a obéi sans rechigner (à mon grand étonnement). Par la suite, il nous a enjoint à tous de nous éloigner d'une dizaine de mètres, à l'exception des personnes qui n'avaient jamais formulé de vœu. J'ai donc fait quelques pas en arrière en compagnie d'une poignée d'adultes, alors que l'extrême majorité est restée là. Il a ensuite dit qu'il n'était pas dupe, et qu'il savait précisément qui, parmi nous, avait déjà rencontré un Laby, et a réitéré son ordre. Cette fois, beaucoup plus de gens se sont éloignés de lui. Mais il subsistait toutefois quelques hommes et femmes entêtés, il les a regardés un par un silencieusement jusqu'à ce qu'ils se décident à imiter les autres. Au bout d'un moment, il ne restait plus que les membres de mon groupe, ainsi qu'un vieil homme.

La créature s'est présentée, il a dit qu'il se nommait Hita (quel drôle de nom, Hita). J'ai eu un peu de mal à entendre la suite, car la plupart des gens me bousculaient pour être en première loge, mais d'après Isabella, ce n'était pas très important. Il a sommé le vieil homme de passer en premier (lequel a demandé la santé de sa petite fille, qui est très malade, mais ce n'est pas ce qui nous intéresse). Une fois son vœu accordé, le monsieur a boité jusqu'à la foule qui s'est légèrement écartée pour le laisser passer, et a poursuivi son chemin à travers la rue.

Il ne restait donc plus que mes amis (enfin, quand je dis « amis »… tu m'as compris). Isabella s'est avancée et a réclamé des vœux infinis. Laby Hita s'est bien moqué d'elle, de même que la plupart des gens autour de moi. « Ça, on ne me l'avait jamais fait », lui a-t-il dit. (J'avais envie de le frapper.) Elle n'a toutefois pas baissé les bras et a demandé à obtenir deux souhaits, mais là encore, il ne s'est pas privé de rire aux éclats.

« Un seul vœu par personne : ne tente pas d'en recueillir davantage. » Tu es loin d'être la première à essayer, c'est peine perdue. »

Peine perdue ? Grrr, c'est ce qu'on verra…

Tu l'auras compris, je vois cette journée comme un échec. Mais Alphonse n'est pas du même avis que moi. Je l'ai vu chuchoter quelque chose à l'oreille de mon amie. Elle a ensuite demandé à Hita pourquoi elle ne pouvait pas obtenir des vœux à l'infini. Lequel lui a dit que, si elle voulait une réponse, ça «

utiliserait » le seul souhait qu'elle aurait de sa vie (histoire de remuer le couteau dans la plaie). Elle a accepté et il lui a fourni une explication...

« On n'a pas le droit d'accorder d'autres souhaits. Et même si on le pouvait, tu n'as pas assez de potentiel pour qu'un vœu si important soit réalisé. »

La foule s'est agitée. J'ai pu entendre quelqu'un dire que c'était navrant qu'une jeune fille aussi brillante qu'Isabella perde une opportunité pareille pour quelque chose que tout le monde savait déjà.

Quelque chose que tout le monde savait déjà...

J'ai demandé à l'homme à ma droite ce qu'il entendait par là, et il m'a raconté que plus une personne était jeune, plus son souhait gagnait en puissance. C'était ça, le « potentiel » évoqué par Hita.

Mais ça ne s'arrête pas là. Andy, le même garçon que tout à l'heure (mais j'ai finalement trouvé son nom), s'est approché pendant qu'Isabella venait me rejoindre. Il a demandé à Hita ce qui influençait le potentiel des gens. J'ai entendu quelques adultes crier au scandale (« Encore un souhait de gâché ! Ils sont inconscients, ces gamins »). Hita lui a donc dit que plusieurs facteurs entraient en jeu, mais il n'a parlé que de l'âge.

La foule s'est légèrement calmée. « Plusieurs facteurs ? Je pensais qu'il n'y avait que l'âge qui comptait. » Pouvait-on entendre. La plupart semblaient surpris, tandis que d'autres continuaient à dire que nous perdions nos vœux pour des bêtises.

(Bon sang, ils ne se mêleraient pas de leurs affaires ceux-là ?)

Un autre ami d'Alphonse (un petit, mais musclé) a formulé un souhait à son tour. Il a demandé quel facteur avait le plus d'impact.

« La souffrance » s'est contenté de prononcer Hita.

Puis il a disparu subitement après avoir dit deux ou trois mots que je n'ai pas bien perçus. Les adultes se sont affolés comme s'ils venaient d'apprendre qu'un astéroïde allait s'écraser sur terre. La place était si bruyante que nous sommes vite rentrés chez nous. Nous tirerons tout cela au clair plus tard, de toute façon, il fallait que je m'isole pour réfléchir à ce qui venait de se passer.

Et me voilà, dimanche soir, à écrire dans mon carnet. J'espère que j'ai résumé correctement les évènements de la journée. Il s'est passé tellement de choses que j'en suis encore tout retourné. Mais au moins, j'ai appris une chose :

On doit souffrir et être jeune pour que nos souhaits soient plus efficients. Alors, pour réaliser un vœu efficient, un enfant en détresse sera nécessaire. Et je crois qu'Alphonse est le candidat idéal... Heureusement pour nous, il n'a pas eu le temps de faire une réclamation à Hita, aujourd'hui.

Le seul problème, c'est qu'il prend trop d'initiatives, comme je le craignais. Je dois trouver quelqu'un pour le canaliser, quelqu'un qui peut le freiner d'un seul regard, quelqu'un comme... Oh non.

Je ne pensais jamais dire ça un jour, mais j'ai besoin de cette brute de Sylvain Rough.

27 Mars 1850

Il n'y a rien de plus difficile au monde que de convaincre son pire ennemi de se rallier à sa cause. Je ne le sais que trop bien, à présent.

On est vendredi, et j'ai passé la semaine entière à tenter d'approcher Sylvain Rough pour qu'on discute, lui et moi. Il a trouvé très bizarre que je ne l'évite pas, contrairement à d'habitude, et ce n'était pas l'envie qui m'en manquait. Mais j'ai besoin de te rencontrer, alors je n'avais pas le choix. Il a commencé par me regarder de haut, de même pour ses amis (bon sang, cet idiot n'est jamais seul). Puis il… n'a pas voulu m'écouter, donc je suis parti.

Je ne vois pas pourquoi je te cache la vérité. Si je peux me confier à quelqu'un, c'est toi. Quand je dis qu'il n'a pas voulu m'écouter, ça signifie qu'il m'a poussé par terre et m'a demandé de manger un caillou. Voilà pourquoi c'est si compliqué avec lui… Je ne veux pas que tu me plaignes, mais que tu saches que, pour toi, je mangerais des centaines de milliers de cailloux, s'il le faut.

Je commence à saturer, j'ai besoin de te voir, de te serrer dans mes bras. Je ne sais pas comment j'ai fait pour tenir jusqu'à présent.

Je m'égare, pardon.

Pour en revenir à Sylvain, j'ai vraiment besoin qu'il soit dans mon groupe. Alphonse m'inquiète énormément, il parle déjà de détenir du pouvoir à l'échelle nationale. Il est convaincu que notre « mouvement » peut prendre de l'ampleur si l'on trouve les bons mots auprès des gens. C'est aussi mon avis, mais, quand ces paroles sortent de sa bouche, je le sens mal. Les choses évoluent à une vitesse alarmante et Alphonse semble trop… heureux. Je crois que ses ambitions lui ont fait oublier que c'était un petit garçon chétif, victime des grosses brutes de l'école. D'autant plus que Sylvain n'en avait que contre moi cette semaine, il n'a pas embêté Alphonse une seule fois. J'ai vraiment besoin que cet enfant soit en souffrance. Le Laby a été clair là-dessus : plus notre vie est difficile, plus on possède du potentiel. Et plus notre potentiel est grand, plus notre souhait est efficient.

Je n'avais pas le temps d'attendre. Mercredi, alors que j'essayais de discuter avec Sylvain pour la deuxième fois, j'ai appris que Danny (Andy ?), le cousin d'Alphonse, qui est toujours avec lui, avait parlé à un de ses amis de notre projet de vœux infinis. Son ami, c'est un petit garçon de 5 ans qui vit dans un cirque et présente plusieurs spectacles acrobatiques par jour. Alphonse et (Daniel ?) sont convaincus que cet enfant a un grand potentiel de souhaits. Comme il est encore jeune et naïf, il a accepté de se joindre au groupe sans trop de difficulté. Ils lui ont dit quel vœu il allait devoir formuler, et le petit saltimbanque a acquiescé.

LE PROBLÈME, C'EST QU'ILS N'ONT PAS VOULU ME DIRE LE SOUHAIT EN QUESTION. (C'est à ce moment-là qu'on se rend compte qu'on n'est plus le chef, hein ?) Quand j'ai compris qu'ils ne me le diraient pas, même après avoir insisté, j'ai commencé à paniquer. J'ai couru jusqu'à l'école des filles, alors que les cours n'étaient même pas terminés (je ne te dis pas la punition de monsieur Mars et de mes parents…). J'ai attendu devant le petit bâtiment pour accoster Isabella à la sortie. Je lui ai tout expliqué et lui ai demandé de jouer de ses charmes pour convaincre Sylvain Rough de nous rejoindre (tout le monde sait qu'il aime Isabella en secret, mais il frappe ceux qui en parlent). J'ai bien vu qu'elle était embêtée de faire une chose pareille, mais nous n'avions pas le choix. Insister auprès d'elle est véritablement quelque chose qui me dérange, mais j'étais obligé. Ce n'est qu'après dix ou vingt supplications qu'elle a accepté d'aller trouver Sylvain. J'ai attendu toute la soirée en me disant « lui a-t-elle déjà parlé ? » à tel point que j'ai eu du mal à m'endormir. Le lendemain, je n'ai même pas eu besoin de demander à Isabella si elle avait discuté avec Sylvain. Il est lui-même venu me voir pour m'en parler (il était seul, sans sa bande d'idiots), et pas une fois il n'a levé la main sur moi. Ouf.

Je lui ai tout dit (de toute façon, il est trop bête pour comprendre la moitié). Il m'a alors garanti qu'il viendrait avec nous dans toutes nos réunions et qu'il ferait vivre un enfer à Alphonse, mais qu'en échange, il voulait des souhaits à l'infini, comme nous. Il avait l'air de me croire facilement en ce qui concerne l'existence des Laby (aurait-il déjà fait un vœu par le passé ? Ce n'est pas important, de toute façon). Le plus important, c'est qu'il calmera les ardeurs d'Alphonse et que je pourrai reprendre le contrôle des opérations.

Quand j'ai remercié Isabella, un peu plus tard, elle s'est mise à pleurer en disant que c'était de sa faute si Sylvain allait embêter Alphonse. Je ne comprends pas pourquoi, après tout, c'était déjà le souffre-douleur de cette brute, alors je ne vois pas ce qui change, mais bon.

Pour la journée d'aujourd'hui… c'était très paisible. J'ai pu discuter avec Andy un petit moment ; il m'a expliqué qu'Alphonse n'était pas en grande forme, et m'a parlé du souhait que son ami formulerait (j'ignore pourquoi, mais cette fois il a accepté de me le dire).

ET C'EST BRILLANT.

Désolé.

J'ai voulu conserver mon calme, et lancer l'information comme si de rien n'était, mais je ne peux pas. Le vœu est vraiment très astucieux. Il demandera à recevoir un détecteur d'enfants en souffrance (et ce n'est même pas une blague). Si ça fonctionne, on sera en mesure de trouver et convaincre les individus avec le plus de potentiel. L'idéal serait que le détecteur soit quelque chose de petit et transportable, et que je le garde en ma possession. (S'il le donne à Alphonse, je devrai demander à Sylvain de lui reprendre de force, et je préfère éviter d'en arriver là.)

Personnellement, j'avais une autre idée de vœu à faire formuler à quelqu'un : connaitre à l'avance les prochaines apparitions de Laby. Car c'est là un de nos plus grands problèmes, on ignore quand et où le Laby suivant surgira. Je pensais ordonner à Alphonse de réclamer ce souhait la prochaine fois, en espérant que Sylvain l'a assez fait souffrir d'ici là pour qu'il ait assez de potentiel.

Je sais, dit comme ça, ce n'est pas très correct. Mais au final, Alphonse sera tout aussi gagnant que nous. Je lui ai garanti qu'il pourrait demander autant de vœux qu'il le désire, et je tiendrai ma promesse. À ce moment-là, il pourra bien prendre le contrôle du monde s'il le veut, ça ne sera plus mon problème.

Du moment que je t'ai à mes côtés, rien d'autre n'a d'importance.

Je compte les secondes qui nous séparent.

Je t'aimerai toujours,

Ton Arnold.

28 Mars 1850

Je déteste les acrobates.

Ce matin, on a tenu notre première « réunion ». On était cinq : Alphonse, Isabella, Sylvain, Andy et moi-même. On ne sait toujours pas où on peut se retrouver pour être parfaitement isolé des oreilles indiscrètes, alors on se contente de s'installer dans un champ à deux kilomètres de l'école. Alphonse a bien proposé sa maison, mais je préfère éviter qu'il soit en terrain connu, à l'inverse de nous. J'ai été ravi de voir que Sylvain ne l'a pas lâché d'une semelle. Il s'est assis par terre et a utilisé Alphonse comme d'un repose-pied. Ce dernier m'a demandé après la réunion pourquoi j'avais invité une grosse brute pareille, et je lui ai dit qu'il m'avait menacé pour entrer dans le groupe.

Quoi qu'il en soit, Andy nous a apporté deux mauvaises nouvelles, aujourd'hui :

D'abord, ses deux autres amis (le petit gars super costaud et l'autre qui nous importe peu) ont officiellement quitté notre bande. Apparemment, la mère du petit musclé se serait fâchée contre lui à la suite de son souhait, et l'autre a peur que ses parents réagissent de la même manière s'il fait le sien.

Ensuite, le copain acrobate d'Andy s'est retrouvé face à un Laby, hier soir. Et cet imbécile a demandé de vulgaires bonhommes en bois, ou quelque chose du même genre. Rien à voir avec ce qui était prévu ! Nous venons de perdre notre meilleure chance, et ça, je ne peux pas le pardonner à Andy. Je lui avais bien dit d'insister pour que ça rentre dans le stupide crâne de son ami.

Ça m'énerve.

J'ai bien failli abandonner, crier fort et partir. Puis j'ai pensé à toi, mon âme sœur, et ça m'a donné la force de rester jusqu'à la fin de la réunion.

Nous avons un peu discuté, mais nous ne sommes pas plus avancés. Personne ne connait d'enfant en souffrance dans son entourage. J'ai proposé à Alphonse de réaliser ce souhait lui-même, mais il doute d'avoir assez de potentiel de vœu pour une telle requête. Il ment ; il sait autant que moi qu'il pâtit et qu'il a du potentiel, il trame quelque chose, c'est certain. On s'est ensuite rendu compte que ça n'était pas nécessaire d'être des enfants. Après tout, des adultes aussi souffrent, mais, comme ils sont plus vieux, leur potentiel est obligatoirement plus faible, mais à quel point ? Le Laby nous a dit que le facteur le plus important était la douleur. Si ça se trouve, l'âge n'a que peu d'influence. Mais, que ça soit enfant ou adulte, on ne connait personne, alors autant rechercher des enfants.

Seuls Alphonse et Sylvain peuvent encore formuler un vœu parmi notre groupe ; on n'ira pas loin avec ça. J'ai demandé à Sylvain si ses brutes d'amis pouvaient se joindre à nous, mais il a refusé catégoriquement, j'ignore pourquoi.

Autant dire qu'on stagne.

9 Avril 1850

Chère âme sœur,

Je ne t'ai pas écrit depuis deux semaines.

Je mourrais d'envie d'ouvrir mon carnet, mais, l'unique chose que ma main pouvait inscrire, c'est « Je t'aime » encore et encore. Ce sont là les seuls mots qui me venaient.

Je n'ai parlé que de toi et de l'amour que je te porte lors de nos réunions (qui se tenaient presque tous les jours, même si nous manquions de sujets de conversation). Je pense que ça a beaucoup ennuyé Alphonse et Andy, et peut-être Isabella, je n'en sais rien. Sylvain, pour sa part, a jugé bon de composer une chansonnette à ce sujet. Je n'aurais jamais dû leur en parler, mais j'en avais trop besoin. D'autant plus que j'ai aidé cet idiot de Sylvain à trouver des paroles pour sa mélodie malgré moi. J'ai dit de manière un peu poétique que je n'existais que par amour, et que, sans cet amour, je n'étais rien. Je crois qu'il a mal compris mes propos, et il n'a pas cessé de chanter : « Aaaarnold, McMusset, il existe juste parce qu'il l'aime. »

Il a ajusté les paroles au fur et à mesure, pour donner cela :

« Aaaarnold, McMusset, il était tant elle l'aimait. »

Quelle horrible chansonnette ! Il a totalement déformé ma poésie. Comme si je ne vivais que parce que tu m'aimes. C'est faux, c'est l'amour que j'ai pour toi qui me fait vivre, pas l'amour que tu me portes.

Quoique, il n'a peut-être pas tout à fait tort. Peut-être que ton amour pour moi transcende tout ce qui existe, et qu'il me donne la force et l'énergie de continuer ? Ce n'est pas si mal, en fin de compte (même si la chanson reste agaçante).

Bon sang, c'est fou comme je t'aime.

Ça y est, je vais le dire…

Je t'aime, je t'aime, je t'aime !

J'ai besoin de l'extérioriser, je suis malade de ne pas te voir. On est condamnés à attendre, encore et encore. Attendre de trouver un enfant au grand potentiel, et qu'un Laby vienne à nous. C'EST TROP LONG.

De plus, en parlant d'Alphonse, il est de plus en plus souvent absent lors des réunions. Donc, j'ai demandé à Sylvain d'être mille fois plus violent avec lui lorsqu'il ne vient pas. Cela aurait dû le contraindre à ne jamais manquer le moindre regroupement, mais, apparemment, ça a eu l'effet inverse.

Isabella me dit régulièrement que je vais trop loin, qu'Alphonse n'a pas à subir tout ça. Je ne sais jamais quoi lui répondre, je trouve qu'elle exagère. Certes, ce n'est pas très éthique de ma part et de celle de Sylvain, mais c'est nécessaire. Si c'était moi, je voudrais souffrir pour permettre à mes ambitions de connaitre le jour. Je pense qu'Alphonse est d'accord avec ça (même s'il ne se doute pas un instant que c'est moi qui ai demandé à Sylvain de lui en faire voir de toutes les couleurs).

Bref, il n'y a pas grand-chose de nouveau, si ce n'est cette chanson débile qui me reste en tête, comme si c'était déjà assez irritant comme ça.

Je t'aime,

Arnold.

PS Oui, mon nom de famille est bel et bien McMusset.

14 Avril 1850

Je n'ai pas beaucoup de temps aujourd'hui. Mon père me surveille depuis un moment et trouve étrange que je rentre aussi tard depuis quelques jours. L'excuse de la bibliothèque n'a pas fonctionné longtemps, car il connait monsieur Mars, qui connait le personnel de la bibliothèque, alors je dis que je révise avec Isabella. Mais là encore, je sais qu'il a des doutes. Je refuse qu'il déniche ce journal, ça serait la catastrophe, il le brûlerait à coup sûr après avoir lu tout son contenu et m'avoir puni à vie.

Ce n'est pas ma seule angoisse. Alphonse et Andy ne sont plus venus aux réunions depuis trois jours, et je n'ai pas eu l'occasion de les croiser à l'école depuis. (Alphonse m'évite comme si j'étais un serpent venimeux, et Andy est dans une autre école, car il est beaucoup plus jeune.) J'ai demandé à Sylvain s'il avait eu le loisir de le brutaliser. Il m'a répondu qu'il ne l'avait vu qu'une seule fois (hier matin) et qu'il l'avait poussé dans les fleurs de monsieur Mars.

Je vois difficilement ce que j'écris. Cet idiot de Sylvain m'a dit qu'il avait besoin que ses poings se défoulent, alors il m'a cogné en plein visage. J'ai dû raconter à mes parents que j'étais tombé dans les fleurs du petit jardin derrière l'école, et que le terreau m'avait irrité les yeux. De toute façon, monsieur Mars allait se rendre compte que Sylvain les avait abîmées, et il m'aurait tout de suite désigné comme étant le coupable, donc j'aurais tout de même été puni.

Mon père m'appelle, je ne peux pas t'écrire plus longtemps. Je voulais juste te dire que je t'aime et que j'allais suivre Alphonse demain, pour voir ce qu'il mijote.

À plus tard.

15 Avril 1850

Chère âme sœur (vivement que je connaisse ton prénom),

Comme prévu, je me suis posté à la sortie de l'école, devant la petite barrière en bois à moitié extirpée de ses gonds. C'est le seul moyen de quitter les lieux, tout le monde passe par là. J'ai alors attendu en m'appuyant sur le muret. Heureusement pour moi, je fais cette action presque tous les jours quand je veux intercepter Isabella, qui a cours dans un autre bâtiment. Ainsi, personne ne m'a posé de question. Lorsque j'ai aperçu Alphonse, et qu'il m'a vu en retour, il s'est mis à accélérer pour quitter l'enceinte de l'école le plus rapidement possible. J'ai fait mine de ne pas l'avoir remarqué et j'ai attendu qu'il s'enfonce dans l'avenue avant de le suivre.

Quand j'étais certain de ne pas paraitre suspect et qu'il ne pouvait pas me voir, je me suis mis à marcher à une bonne distance de lui. Je sais parfaitement où il habite, et ce n'est pas là où il se rendait ! Curieusement, il empruntait le même chemin que moi pour rentrer (sauf qu'il prenait la rue principale, celle qui passe devant chez madame Johnson, ce qui allait me poser problème à coup sûr). Et comme de fait, il a marché juste en face de chez elle et il ne lui est rien arrivé. Cependant, quand ce fut mon tour… madame Johnson m'a interpelé, quelle surprise…

Ce que je peux la détester, cette madame Johnson ! Je me suis vu forcé d'entrer chez elle pour boire le thé (à la menthe, pas mauvais). Je sentais que j'étais en train de perdre la trace d'Alphonse, et, même si je me brûlais la langue avec ma tisane pour la boire le plus vite possible, il était déjà trop tard. Une ou deux secondes suffisent dans ce genre de situation pour égarer sa cible, alors pense bien qu'avec une vingtaine de minutes chez madame Johnson, je pouvais bien abandonner ma traque.

Je suis donc reparti avec le cerveau en compote (c'est là le super pouvoir de madame Johnson) et le palais à moitié carbonisé par son thé. J'ai voulu rentrer chez moi, bredouille, en me disant que je recommencerais ma mission le lendemain. Mais cette fois, si Alphonse passe à nouveau devant chez madame Johnson, je courrai en sens inverse pour prendre la petite rue et espérer ne pas le perdre de vue.

Je trainais les pieds jusque chez moi quand j'ai aperçu quelqu'un que je ne pensais pas voir ici : Andy. Peut-être qu'il habite proche de chez moi, je l'ignore, mais mon instinct m'a ordonné de le suivre. Il avançait drôlement rapidement, presque en courant, comme s'il était en retard quelque part. Je me suis d'abord dit qu'il devait avoir des parents exigeants, comme les miens, et que le moindre retard lui serait fatal. Puis je me suis souvenu qu'il était orphelin. Peut-être que ses grands-parents étaient sévères, après tout. En le suivant, je me suis mis à avoir un doute, ce n'était peut-être pas lui qui avait perdu ses parents, mais son ami. J'ai alors sorti mon journal (que je garde toujours auprès de moi, désormais) pour relire mes notes, et effectivement, je me suis trompé. Comment avais-je pu oublier ça ? Bref, ce sont des broutilles.

Quoi qu'il en soit, j'ai pressé le pas pour me maintenir à sa vitesse. Je l'ai suivi jusqu'à une minuscule ruelle (si l'on peut appeler ça une ruelle, on peut tout juste s'y faufiler). Je n'exagère en rien quand je dis que j'ai dû rentrer le ventre pour passer entre les deux bâtiments. Avant de surgir de l'autre côté, j'ai entendu une voix s'élever, c'était elle d'un garçon qui n'a pas encore mué. J'ai d'abord pensé que c'était Andy, mais ce serait étrange qu'il lâche « ah, te voilà enfin ». Donc, je me suis dit que ça ne pouvait être qu'Alphonse. Mes hypothèses se sont avérées fondées lorsqu'Andy a murmuré « Désolé Alph ».

Je n'ai pas osé quitter l'interstice qui sépare les bâtiments, car je me doutais qu'ils allaient me voir dans la seconde. Alors, j'ai attendu là et écouté leur conversation.

Je te laisse imaginer la scène : moi, le ventre et le dos collés à deux maisons, où la lumière ne passe presque pas, avec de potentielles bestioles grouillant de partout. Le tout en épiant la discussion de deux enfants. Parfaitement normal.

Quoi qu'il en soit, ils sont tout de suite entrés dans le vif du sujet. Ils se sont mis à parler de leur « plan d'action » pour la suite des évènements. J'ai eu droit à toutes les informations dont je pouvais rêver, et bien plus encore. Tout d'abord, j'ai appris que ces deux saletés m'ont menti depuis le début. L'ami acrobate d'Andy n'a jamais souhaité obtenir de petits bonhommes en bois, non. Il n'a même jamais rencontré de Laby... Ce gamin garde toujours son vœu en réserve, et ils prévoient de faire de lui un détecteur d'enfants en souffrance. C'était mon idée et ils l'utilisent dans mon dos, les ordures ! De toute évidence, ils comptent me le cacher et agir dans l'ombre, tout en me faisant croire qu'ils sont encore de mon côté. Je les ai entendus me critiquer plusieurs fois lors de leur conversation... Selon eux, je suis stupide et je ferais n'importe quoi si je possédais un tel pouvoir... Balivernes.

Ce que je peux exécrer ces enfants !

Au moment où j'ai perçu qu'ils allaient mettre fin à leur réunion, j'ai fait volte-face et je me suis précipité chez moi en me frottant de partout. (Je suis certain d'avoir senti une araignée dans ma nuque).

Ils veulent dominer le monde à mon insu ? Soit, j'ai l'intention de tirer parti de cette opportunité moi aussi. Je les suivrai dès que j'en aurai l'occasion. Je ferai tout pour obtenir le plus de renseignements possible sur l'ami d'Andy. Lorsqu'il aura son souhait, je lui extorquerai le plus d'informations que je pourrai, afin de trouver les enfants en souffrance avant eux. Avec Sylvain, je suis sûr qu'ils me diront tout ce dont j'ai besoin sans problème... Mais je préfère continuer à épier leurs discussions tant que je le peux encore.

Je te tiens au courant,
Arnold.

16 Avril 1850

J'ai été idiot aujourd'hui.

Je n'ai pas aperçu Isabella de toute la journée, alors j'ai jugé bon de me rendre chez elle à la sortie des cours. J'avais peur que son père n'ouvre la porte, et qu'il prenne à nouveau trente minutes à appeler Isabella, mais en fin de compte c'est elle que j'ai croisée en premier. Elle arrangeait des fleurs sur le petit balcon devant la fenêtre de sa chambre (j'en ai toujours été jaloux). Quand elle m'a aperçu, elle m'a dit d'attendre dehors qu'elle me rejoigne.

Je ne me disperserai pas en détail, mais elle m'a invité à manger une brioche dans sa cuisine. J'ai voulu discuter de toute cette histoire de souhaits, notamment d'Alphonse et Andy, mais elle s'est fermée comme une huitre. Je l'ai alors accusée de s'être ralliée à leur cause, sans trop réfléchir. Je ne sais pas ce qui m'a poussé à prononcer ou même à envisager une chose pareille. Isabella serait bien la dernière à me trahir pour deux enfants, aussi agaçants soient-ils. J'ai dit ça un peu trop spontanément, je l'ai immédiatement regretté. J'ai pensé qu'elle allait s'énerver contre moi, mais, au lieu de cela, elle a regardé le sol et a murmuré qu'elle ne pourrait jamais m'abandonner de la sorte. Elle avait l'air si déçue, ce qui est compréhensible. Quand son meilleur ami se méfie de nous, ça a de quoi mettre un coup au moral.

C'était stupide de ma part. Plus jamais je ne douterai d'elle.

Elle m'a ensuite expliqué que cette histoire d'enfants en souffrance la touchait beaucoup, qu'elle se sentait triste à l'idée que de certaines personnes aient des vies sinistres et pleines de douleur. Je lui ai dit que tout le monde ne peut pas être heureux, et elle s'est contentée de marmonner que c'était injuste.

J'ignore pourquoi, mais à ce moment-là, je lui ai proposé de ne plus m'aider, de rester en dehors de tout ça, mais elle a absolument tenu à poursuivre nos plans.

Quoi qu'il en soit, je suis rentré chez moi avec une drôle de sensation au ventre. Ce n'était pas de la haine, ni de l'amour, ni de la tristesse, ou quoi que ce soit d'autre. Je me suis juste senti bizarre (peut-être que c'est la brioche qui avait du mal à passer, je n'en sais rien).

C'est à peu près tout ce que je voulais dire aujourd'hui. Je n'ai pas croisé Alphonse ni Andy, et, quand je me suis rendu à leur planque secrète, elle était vide.

D'ailleurs, je ne te l'ai pas dit, mais j'ai informé notre groupe (ou plutôt, j'ai demandé à Sylvain de faire transmettre le message) que nos réunions quotidiennes seront maintenant hebdomadaires, le vendredi. C'est étonnant à quel point il est coopératif. Je pensais qu'il serait le plus difficile à convaincre. Je crois qu'il m'est reconnaissant, car il passe beaucoup plus de temps avec Isabella depuis que notre petit groupe s'est formé. (Il est presque aussi amoureux d'elle que je le suis de toi, c'est dire.)

Ça y est, je pense à nouveau à toi... Je t'aime tellement. C'est si long d'attendre, j'ai l'impression que ça fait une éternité que je cherche à te retrouver, mais que rien n'avance. Si un Laby m'entend, pitié, exaucez mes prières et apparaissez auprès du cousin d'Andy, voire même d'Alphonse. Ils ont beau m'avoir trahi, j'ai toujours besoin de leur aide.

17 Avril 1850

Tiens, tiens, tiens. Alphonse et Andy sont venus à notre petite réunion, comme si de rien n'était. Ce n'est pas surprenant, connaissant Alphonse, il veut être informé des détails de nos plans, pour pouvoir prendre les devants. (Je suis toutefois étonné qu'ils aient osé venir, après tout le mal que leur a fait Sylvain ces derniers jours.)

Je me demande cependant pourquoi ils ont commencé à s'absenter à la base, mais je peux avancer deux théories.

La première : ils s'imaginaient pouvoir quitter le groupe pour réaliser leur projet de leur côté, en pensant qu'on ne serait pas un danger. Ils sont revenus, car ils se sont rendu compte que, justement, on était une menace.

La deuxième : la fréquence des réunions était trop élevée, et s'ils s'y présentaient à chaque fois, ils ne pourraient pas avoir le temps d'élaborer leur stratégie dans leur coin.

Dans tous les cas, on peut affirmer sans aucun doute qu'ils sont des traitres, et depuis un moment déjà.

J'ai tout fait pour minimiser les informations (j'ai même menti à de nombreuses reprises) pour qu'ils nous sous-estiment. Je leur ai dit que l'objectif était d'attendre qu'un Laby vienne à Alphonse. Ce dernier souhaiterait un renseignement (à savoir depuis quand ils exaucent les vœux des humains, c'est complètement inutile, mais j'ai réussi à donner l'illusion que c'était important). Alphonse n'a pas émis d'objection. Pas un regard complice à Andy. Aucune hésitation. Rien. Il s'est contenté d'acquiescer à toutes mes propositions, comme s'il était d'accord avec mon plan. Je suis pourtant persuadé qu'il a compris à quel point cette idée était mauvaise. En tout cas, dès lors qu'il me sous-estime, c'est gagné.

Quand la réunion s'est terminée, j'ai fait comprendre à Sylvain et Isabella qu'ils devaient rester un peu plus longtemps, sans toutefois le dire à haute voix, pour ne pas éveiller les soupçons des deux traitres. Je leur ai alors expliqué qu'on devait cesser de faire confiance à Andy et Alphonse et que le vrai plan était de se servir d'eux et de leur ami acrobate pour trouver un enfant en souffrance.

Isabella était abasourdie que les deux garçons nous aient menti. Elle était persuadée qu'Alphonse était sincère quand il affirmait que l'acrobate avait réclamé son souhait. (Plus j'y pense, et plus je me dis qu'il ne vient pas d'une longue lignée de saltimbanque. Ça ne tient même pas debout cette histoire, d'abord.) Elle était déboussolée, mais s'est vite reprise.

Elle nous a fait remarquer que, quoi qu'il arrive, les traitres trouveraient la piste des enfants en souffrance avant nous, ou en même temps si on les suit, mais jamais on ne pourra les devancer. Après tout, c'est eux qui posséderont le détecteur. Je lui ai alors dit que c'était là que Sylvain entrerait en scène (il a réagi quand j'ai prononcé son prénom, car il n'écoutait pas tellement il contemplait

Isabella). Il pourrait brutaliser Alphonse et l'empêcher de parler à l'enfant, mais pour cela, on doit les suivre à la trace et comprendre quand ils seront sur le point d'entrer en contact avec lui. Ce qui risque d'être compliqué. Une autre solution serait de les laisser parler à l'enfant, puis d'attendre qu'ils s'en aillent. Après quoi, on pourra rejoindre le gamin et discuter à notre tour avec lui. Nous devons lui promettre de meilleures choses que ce que pourrait garantir Alphonse, et il viendrait avec nous. Je pense qu'avec des sucreries, le compte sera joué (en espérant que l'enfant est assez petit et crédule pour se laisser amadouer par un piège aussi grossier).

Quand j'ai clos la réunion, officieusement cette fois, Isabella ne m'a pas adressé un regard. Sylvain m'a pris dans ses bras (je ne comprends vraiment pas son geste, on parle de la grosse brute de l'école qui me chante cette chanson débile à longueur de journée).

Aaaaarnold McMusset, il était tant elle l'aimait...

Il me la chante une fois à peine, et elle est dans ma tête jusqu'à la tombée de la nuit, c'est particulièrement irritant.

Je t'aime.

Ça n'a pas changé, mais j'adore le dire.

Je t'aime.

22 Avril 1850

Il l'a fait. Il peut détecter les enfants en souffrance, et je ne parle pas de l'ami "acrobate" d'Andy...

Comme je le fais depuis quelques jours, j'ai suivi Alphonse après les cours. Mais cette fois-ci, j'ai remarqué qu'il se tenait vouté et qu'il avançait d'un pas hésitant. Il est resté plusieurs minutes devant l'interstice qui mène à leur cachette secrète (je n'exagère en rien), comme s'il avait peur de s'y engouffrer. Il avait l'air de douter de lui, et de sa motivation à retrouver Andy, qui patientait de l'autre côté.

Quand il s'est enfin décidé, je l'ai suivi et ai attendu, comme à mon habitude, auprès de mes amies les araignées. C'est là que j'ai entendu Andy lui demander si tout allait bien, puis Alphonse s'est mis à pleurer tel un nouveau-né. J'ai d'abord pensé que Sylvain lui avait encore mené la vie dure, mais j'ai rapidement compris que c'était bien plus grave que ça. Alphonse a formulé un vœu.

Oui, Alphonse a rencontré un Laby, ça ne fait aucun doute. Il a pu souhaiter devenir lui-même le détecteur d'enfants en détresse. Ça voudrait dire qu'il avait un grand potentiel, ce qui ne m'étonne guère. Il ne l'a pas vraiment confirmé, mais ce qu'il a dit ensuite m'a largement mis la puce à l'oreille.

J'ai eu beaucoup de mal à saisir ses propos, tant sa voix était brisée par les larmes. Fort heureusement, Andy partageait mon incompréhension et a demandé plusieurs fois à son ami de se calmer et de répéter doucement, en articulant bien.

« Il y en a partout, tout autour de nous. Des centaines et des milliers d'enfants crient et pleurent chaque jour, je les sens à présent, je les entends hurler. »

Ce sont là ses propos exacts. Tu n'étais pas présente pour percevoir le déchirement dans sa voix, mais c'était particulièrement déroutant. On aurait dit qu'il venait de vivre cent ans de désespoirs, sans jamais connaitre la lumière (qu'est-ce que c'est profond, ce que je dis, j'ai vraiment l'âme d'un poète).

Il a aussi expliqué que ça constituerait pour lui une torture de rencontrer l'un ou l'une d'entre elles, mais que ça serait nécessaire. Que, pour le moment, il entendait une tripotée d'enfants en pleurs, mais que, dans le futur, ce serait de la joie qu'il percevrait (bon sang, qu'il est arrogant et menteur. Il sait très bien qu'il ne pourra jamais guérir ce monde de fou de toute cette douleur, alors qu'il arrête avec ses grandes paroles).

Bien sûr, Andy était emballé. Il envisageait déjà de partir auprès de l'enfant le plus proche, pour débarrasser au plus vite Alphonse de ce tourment, mais ce dernier lui a dit qu'ils allaient devoir être patients.

C'est parfait pour moi. Alphonse est affaibli psychologiquement, et il pourra me mener directement vers ces enfants en détresse. Je ne pouvais pas rêver mieux.

J'ai voulu en discuter avec Isabella, mais je m'y suis résigné, j'ignore pourquoi. De toute façon, elle m'avait garanti qu'elle me suivrait dans mes plans, de même pour Sylvain. Je leur en parlerai samedi, avant de nous mettre en route (c'est le jour qu'ont choisis Andy et Alphonse pour chercher l'enfant le plus proche).

Il avait l'air de dire qu'ils en auraient pour une à deux heures de marche pour le trouver (ce qui m'étonne, je pensais qu'on en compterait bien plus dans notre village [et l'ami d'Andy, sa douleur n'est-elle pas assez forte pour de puissants souhaits ?])

Je suppose qu'il voit comme une sorte de «jauge de malheur» et qu'il se dirigera vers l'enfant dont le niveau est le plus élevé. Je ne sais pas, mais ça importe peu, tant qu'il nous mène à lui.

Je te retrouve samedi avec, je l'espère, de bonnes nouvelles.

25 Avril 1850

Chère âme sœur,

Je n'avais pas entamé la rédaction de mon journal sous ces mots depuis un moment. (Je t'aime)

J'ai averti Isabella et Sylvain que nous allions nous y rendre de bon matin, pour une durée indéterminée, mais longue. Le plus dur a été de convaincre mes parents de me laisser partir. Je leur ai dit que j'avais à cœur de me promener avec Isabella, et ils ont accepté à condition qu'elle vienne le leur annoncer en personne (ils ont une confiance totale en elle). Nous avons alors convenu de nous rencontrer devant chez moi avec Isabella, et un peu plus loin avec Sylvain (qui a failli tout faire rater en croisant madame Johnson, qui lui a évidemment proposé du thé). Nous avons ensuite marché jusqu'à la planque des deux traitres et nous nous sommes cachés derrière la charrette de monsieur Lidalo en attendant du mouvement. J'ai expliqué le plan à voix basse à mes deux camarades, qui m'écoutaient en silence, ne faisant que de légers acquiescements de la tête de temps en temps.

Nous avons patienté là pendant de longues minutes. Mes genoux et mes orteils me faisaient souffrir, tu ne peux pas imaginer à quel point. J'ai commencé à croire que je m'étais trompé, que j'avais mal épié leur conversation... Si ça se trouve, ils étaient partis depuis un moment, où ils s'étaient donné rendez-vous ailleurs.

Ce n'est qu'après avoir craqué mon neuvième doigt que j'ai entendu une voix s'élever depuis leur cachette. Et moins d'une minute plus tard, Andy était sorti de l'interstice qui sépare les deux bâtiments, suivi par Alphonse, la mine plus abattue que jamais.

« Allez, Alphie ! Plus vite on déniche cet enfant, plus vite on pourra tous l'aider. » Andy a dit cela à son camarade, dont le visage décomposé touchait presque le sol. J'en avais presque de la peine pour lui, puis je me suis souvenu que c'était un traitre et qu'il était en ce moment en train de nous duper, alors ça a été mieux. Isabella, en revanche, semblait beaucoup plus atteinte que moi par la mine déconfite d'Alphonse. Elle s'est précipitée vers lui, mais Sylvain l'a heureusement arrêtée de justesse. Elle a bien failli dévoiler notre couverture, avant même de commencer à les suivre.

J'ai dû lui demander de se calmer et de me jurer qu'elle ne les approcherait pas. Elle s'est plainte qu'elle avait trop mal au cœur de voir Alphonse dans un tel état, mais a tout de même promis de ne plus faire de zèle.

Sylvain a tenu Isabella dans ses bras le temps que les traitres se mettent en route (ce qui était étrangement mignon), puis on s'est mis à les talonner en gardant systématiquement une distance entre eux et nous.

Ils se sont dirigés vers l'ouest, ce qui veut dire qu'ils allaient emprunter le chemin que prend mon père tous les matins pour se rendre au travail. Il m'a déjà dit qu'il n'avait besoin que d'une vingtaine de minutes pour arriver au travail. Je me souviens avoir entendu Alphonse dire qu'une à deux heures de marche seraient nécessaires avant de trouver l'enfant. J'ai alors pensé que notre destination était un autre hameau, encore plus loin. Nous avons attendu à la sortie de notre village qu'ils soient bien avancés, car le sentier est très droit et ils n'auraient eu qu'à se retourner pour nous apercevoir. Lorsque la distance était suffisamment importante, on s'est élancé vers notre destin.

Je te raconterais bien à quel point le chemin était beau, plein de fleurs et de verdures à gauche et à droite, mais nous n'avons pas le temps pour ça. Lorsque nous avons atteint la ville où travaille mon père, j'ai eu peur de le croiser. Cela dit, cet endroit était si grand que ça n'aurait jamais pu arriver (en plus, j'avais complètement oublié qu'il n'était pas parti au boulot aujourd'hui, bien joué, Arnold). On a craint de perdre la trace d'Alphonse et d'Andy, mais, heureusement, Isabella avait l'œil pour les repérer de loin. Chaque intersection nous provoquait une immense angoisse, on a donc décidé de réduire la distance entre eux et nous.

Ils ont traversé toute la ville, TOUTE LA VILLE. Je comprends mieux pourquoi il disait qu'on en aurait pour une heure, cet endroit est colossal. On a mis de longues minutes à parcourir la puanteur et la crasse. Je vois maintenant pourquoi mes parents disent qu'on a de la chance de vivre dans un village aussi aisé. Ici, les bâtisses sont bancales et les animaux se pavanent dans les rues. J'ai même aperçu un petit garçon chasser je ne sais quelle bête avec un bâton, avant de retourner dans sa maison trouée comme gruyère. Pourquoi mon père travaille-t-il dans un endroit si sale, lui qui est pourtant distingué ? Les villes ne sont pas censées être plus riches que les villages ? Je ne sais pas.

J'espère ne plus jamais avoir à mettre le pied dans cet endroit. Mes vêtements sentent le fumier et mes chaussures sont irrécupérables.

Quoi qu'il en soit, les traitres se sont immobilisés devant une sorte de puits à moitié cassé. Alphonse s'est assis dans la boue tandis qu'Andy, visiblement plus raffiné, a préféré rester debout. Ce dernier a demandé à son ami pourquoi ils s'arrêtaient ici, et il n'a eu pour seule réponse qu'un « attend ». Quelques minutes plus tard, un jeune garçon qui devait avoir dans les cinq ans est arrivé près du puits. Il était minuscule, chétif et portait des vêtements en haillon. J'ai tout de suite compris à son expression que c'était cet enfant-là, la personne qu'on recherchait. Isabella a plaqué sa main devant sa bouche à la vue de son visage blafard, parsemé de bleus aux yeux et au menton, ainsi qu'une ligne rouge remontant de sa joue jusqu'au sommet de son crâne rasé.

Lorsqu'il a remarqué la présence d'Alphonse et d'Andy, il n'a même pas réfléchi une seconde et s'est enfui en courant. Malheureusement, son évident manque de vigueur et d'énergie ne l'a pas aidé, et Andy l'a rattrapé en moins de temps qu'il en faut pour dire « Laby ». Il l'a immobilisé sur place et lui a répété en boucle qu'il ne lui voulait aucun mal, bien au contraire. Le petit garçon s'est alors mis à crier avec le peu de forces qu'il lui restait. Isabella a tenté de s'en mêler, mais Sylvain l'en a empêché d'un geste. Je leur ai dit qu'à l'inverse, c'était le parfait moment pour agir.

Nous avons quitté notre cachette et avons foncé sur Andy. Sylvain l'a forcé à lâcher l'enfant et lui a maintenu les bras dans le dos. Pendant ce temps, je me suis posté devant le gamin. Je lui ai garanti qu'il était en sécurité, qu'on venait de lui sauver la vie en le libérant de ce monstre (oui, c'est ainsi que j'ai qualifié Andy). Ce petit mensonge nous a fait passer pour des héros auprès de lui, alors il n'a même pas essayé de s'enfuir. Alphonse a mis du temps à comprendre les évènements. Il s'est levé pour aider son ami, mais Sylvain a poussé Andy sur lui et leur a dit qu'il allait leur faire pire s'ils ne partaient pas immédiatement. Connaissant la dangerosité de Sylvain, ils ont vite pris leurs jambes à leur cou. Maintenant, c'est clair, on ne peut plus faire semblant avec eux, on est ennemi.

Isabella a couru vers le petit garçon, ce qui ne l'a même pas effrayé (contrairement à Sylvain, à qui l'on a dû donner l'ordre de rester à distance). Elle lui a demandé s'il avait mal quelque part et si elle pouvait l'aider. Il a dit qu'il se portait bien, mais je n'en suis pas convaincu, à la vue de son visage et de la manière dont il boite.

Il m'a demandé pourquoi on l'avait secouru. Je lui ai dit que c'était parce qu'on voulait épauler tous les enfants en souffrance, à commencer par lui, mais que, pour ça, on allait avoir besoin de sa contribution. Et écoute un peu sa réponse… Il a dit que tout allait bien et qu'on n'avait pas à le sauver ! Tu t'en rends compte ? Le fait que cet enfant soit en détresse est la chose la plus évidente au monde…

Isabella lui a demandé s'il connaissait un endroit où l'on pourrait discuter. Il a vaguement hésité, mais a fini par avouer qu'il vivait à peine plus loin (tu verras vite qu'on n'a pas la même définition du terme « à peine »). J'ignore pourquoi, mais il a aussitôt donné sa confiance à Isabella, malgré toute la méfiance qu'il a dans les yeux (il regarde sans cesse à gauche et à droite, comme s'il était suivi). Il a dit qu'il voulait bien nous y conduire, mais qu'il devait rapporter un seau d'eau. Sylvain s'est tout de suite proposé pour le porter (ce qui était étrange de sa part, il a sûrement fait ça pour pouvoir m'en renverser dessus à la fin du trajet, m'étais-je dit). Nous avons alors rempli la bassine avec toute l'eau qu'on pouvait puiser, et nous avons suivi le petit garçon.

Nous avons mis autant de temps pour nous rendre à son domicile que pour atteindre le puits (je comprends mieux pourquoi Alphonse disait entre une et deux heures). Sa maison — si l'on peut appeler ça une maison — était tellement chancelante que j'avais peur que ma respiration suffise à la faire s'écrouler. Il manquait tout un mur et la porte était à moitié sortie de ses gonds, si l'on voulait s'y introduire, rien ne pourrait nous en empêcher, cet enfant n'était pas en sécurité là-dedans.

Il nous a proposé d'entrer par l'arrière de la bâtisse. Nous l'avons contournée en faisant bien attention où nous mettions les pieds. Des débris, des linges et même des animaux d'élevages (vivants, je crois) jonchaient le sol boueux. Quand nous avons pénétré dans son « jardin », des ordures en tout genre bloquaient la seule porte menant à l'intérieur, je ne te raconte pas l'odeur. Nous avons franchi une fenêtre haute d'à peu près un mètre. Nous avons eu du mal à faire passer le seau à travers les détritus sans en vider son contenu, alors je n'imagine pas comment cet enfant s'y prend d'habitude. Il nous a demandé de le déposer dans la « cuisine » (j'ai envie de mettre des guillemets à tous les mots, car on doit admettre que tout diffère de son apparence supposée, ici). Il a ensuite empoigné un minuscule bol et l'a plongé dans la bassine pour le remplir, avant de courir jusqu'à la pièce voisine. Nous l'avons suivi et l'avons vu en train de donner à boire à une vieille dame, couchée sur un canapé délabré et enveloppée d'une laine crasseuse. On aurait dit qu'un nuage maléfique s'était posé sur elle. Elle n'arrivait même pas à relever la tête pour boire, et le gamin a versé plus d'eau à côté que dans sa bouche. Isabella a tout de suite été vers la vieille femme pour lui tenir la main (je n'imagine pas tous les microbes qu'elle a dû attraper). D'après elle, elle tremblait et était glacée. Elle a ensuite demandé au petit garçon des précisions sur l'état de santé de la personne qui était allongée là. Il lui a dit que c'était sa maman et qu'elle était mal en point, mais qu'ils n'avaient pas d'argent pour lui payer des soins. (Sa mère… serait-ce la maladie qui lui donne l'air d'une femme de 100 ans ?) Ils connaissent un médecin qui pense qu'elle mourra sans intervention médicale. Je comprends maintenant pourquoi cet enfant panique et souffre (même s'il nous assure que tout va bien).

Nous avons rejoint la cuisine, le petit garçon, Sylvain et moi, pour remplir encore une fois le bol d'eau, pendant qu'Isabella est restée auprès de sa maman. Nous lui avons à nouveau proposé notre aide, mais il s'obstinait à la refuser. On a dû insister sur le fait que ça nous tenait à cœur et que ça ne nous coutait rien pour qu'il daigne nous écouter. Je lui ai demandé son prénom et il m'a répondu un simple « Yves ». Je lui ai ensuite informé de l'existence des Laby et de leur capacité à exaucer un de nos désirs. Son visage s'est éclairci subitement et il s'est mis à boire mes paroles. Je lui ai dit que, s'il acceptait d'émettre le souhait de détecter les enfants en souffrance, nous pourrions obtenir des dizaines ou des centaines de vœux on ne peut plus puissants. À terme, nous en aurions à l'infini, de quoi résoudre tous nos problèmes. Ma proposition l'a évidemment emballé, et il m'a promis de formuler cette requête dès qu'il croiserait un Laby.

J'allais encore présenter une ou deux suggestions à Yves, mais Isabella est parvenue vers moi en me répétant plusieurs fois de venir dans le salon. Une fois arrivé, j'ai vu que la vieille femme me regardait avec ses yeux à moitié plissés. Elle a alors marmonné quelque chose d'incompréhensible. Je me suis rapproché d'elle pour mieux entendre (j'étais si près je pouvais sentir son souffle dans mon oreille, erk). Elle m'a murmuré que je n'avais pas le droit de parler des Laby à son fils, que c'était illégal. Puis elle m'a dit que, peut-être, c'était mieux ainsi. D'après elle, un Laby allait bientôt faire une apparition au niveau de la prairie d'un certain Robert Microix, le 28 avril à l'aube. (C'est avant les cours, mais avec deux heures de trajet, je serai forcément en retard, et monsieur Mars n'aime pas ça.) J'ignore comment elle sait une telle information, mais je prends ça pour argent comptant. Elle m'a ensuite supplié d'aider son fils, et de l'empêcher d'utiliser son souhait pour elle (elle n'a pas écouté la fin de ma conversation avec Yves, j'ai l'impression. Il n'a jamais été question de ça). Je lui ai garanti que je ferais tout pour son fils et qu'elle n'avait pas à s'inquiéter. Son visage s'est détendu et elle a fermé les yeux, ce qui m'a fait penser qu'elle était morte, mais son ventre se soulevait et s'abaissait encore.

J'ai demandé à Yves s'il avait déjà été à la prairie de Robert Microix. Il a secoué la tête en signe d'approbation et m'a appris qu'elle se trouvait aux abords de la ville, à quelques pas d'ici. Je lui ai demandé s'il pouvait s'y rendre le 28 avril, très tôt dans la matinée, et il m'a dit que ça ne devrait pas lui poser de problème. Il m'a l'air d'un garçon particulièrement intelligent, pour son âge. Il comprend parfaitement les enjeux de mon projet, et je n'ai aucun doute sur le fait qu'il fera ce dont je lui ai demandé. C'est pourquoi je n'irai pas avec lui le 28 avril. J'espère juste que Alphonse et Andy ne reviendront pas lui retourner le cerveau avant cela. (D'ailleurs, Yves ne m'a posé aucune question à leur sujet, il doit les avoir pris pour des bandits comme il doit souvent en voir.)

Nous nous sommes mis en route en souhaitant bon courage à Yves et en lui promettant qu'on allait beaucoup penser à sa mère et espérer qu'elle se porterait mieux. Isabella était réticente à s'en aller, mais elle nous a quand même accompagnés.

Nous avons beaucoup parlé sur le chemin, tous les trois. Même Sylvain parvenait à suivre la conversation et à s'y impliquer, plutôt que de faire le pitre à vouloir me pousser par terre. Il doit avoir un sacré vœu en tête, pour changer aussi drastiquement (ou être follement amoureux d'Isabella). En tout cas, avoir son respect fait du bien.

Et nous voilà maintenant. Il est tard et je m'apprête à dormir. T'écrire m'a énormément soulagé, car je sens qu'on se rapproche de notre but. J'ai beau chercher parmi tous les mots du monde, je n'arrive pas à en trouver un seul qui est assez fort pour exprimer toute l'affection que j'ai pour toi. Tu vois de quoi je parle, pas vrai ?

Dire « je t'aime » n'est plus suffisant. Je suis malade sans toi.

Ton âme sœur,

Arnold.

28 Avril 1850

C'est aujourd'hui que Yves réclamera son souhait. Il l'a peut-être même déjà demandé à l'heure où je rédige ces lignes. Je m'apprête à partir pour l'école et j'ai la boule au ventre. J'ai voulu t'écrire hier, mais je n'ai pas réussi à aligner les mots… Je savais quoi dire, mais ma main restait figée devant mon carnet. J'ai finalement décidé de le fermer et de chanter notre chanson (elle ne me quitte plus de la tête, désormais, merci, Sylvain).

Je me suis rendu hier et avant-hier à la cachette d'Alphonse et Andy, mais ils n'y étaient pas. Je suis sûr qu'ils savent que je suis au courant de leurs réunions secrètes, et que c'est ainsi que je les ai observés. Donc, ils ont sans doute trouvé un autre endroit. De plus, je ne les ai pas vus une seule fois, même à l'école, alors, impossible de les suivre. Mais ce n'est plus important, je continue mon bonhomme de chemin (j'ai simplement peur qu'ils en fassent de même, et qu'ils me mettent des bâtons dans les roues).

Bon, je te laisse pour le moment, si je ne pars pas maintenant, monsieur Mars me donnera une punition. À ce soir.

C'est le soir, mais il est si tard que je n'ai pas la force de t'écrire. Je te raconterai demain tout ce qui s'est produit.

Je t'aime de tout mon cœur.

1 Mai 1850

Chère âme sœur,

J'ai du temps devant moi pour t'écrire, ça me fera beaucoup de bien, j'en suis persuadé.

Comme tu le sais, c'était hier que Yves devait formuler son vœu. Je me suis rendu à son domicile après les cours pour vérifier qu'il avait bel et bien accompli son devoir. (Je ne te cache pas que j'étais inquiet. Il a beau être très intelligent, ça reste un petit garçon nécessiteux, dont la mère est malade.) Donc, de grandes chances pour qu'il commette un souhait égoïste se présentaient.

Le trajet m'a semblé encore plus long et épuisant que la dernière fois, et les rayons du soleil me frappaient d'une rare violence. À ce moment-là, je me suis dit que j'allais proposer à Yves de se donner rendez-vous entre nos deux habitations pour que j'aie moins à marcher les prochaines fois. J'ai continué mon chemin ruisselant de sueur jusqu'à arriver aux gravats qui lui servent de maison. Là, j'ai retrouvé le petit garçon à genoux auprès de sa mère, ce dernier lui donnait à boire à l'aide d'une cuillère en bois. Quand j'ai prononcé son nom, il a laissé tomber l'ustensile et s'est retourné si vite que j'ai cru que sa colonne vertébrale allait se désaxer (bon sang, cet enfant est vraiment sur ses gardes). Lorsqu'il m'a reconnu, son visage s'est adouci et j'ai pu percevoir du soulagement dans son regard.

Je n'ai même pas eu besoin de lui demander quoi que ce soit. Il s'est empressé de me raconter toute son aventure du matin, sans oublier le moindre détail. Il s'est levé particulièrement tôt pour être certain d'arriver avant le Laby. Il était triste de laisser sa mère seule pendant plusieurs heures, mais il savait qu'il n'avait pas le choix (par miracle, cet enfant semble avoir le sens des priorités). Il a ensuite patienté un long moment dans le champ de Robert Microix, il s'est assis en plein centre et a sagement attendu la venue du Laby. Au bout de quelques heures, la créature est apparue au cœur d'un groupe de chevaux, ce qui les a fait fuir. Va savoir pourquoi des animaux se retrouvent au milieu d'un champ, peut-être est-ce une prairie, mais qu'Yves manque de vocabulaire.

Si je me rappelle bien, c'est à ce moment-là que le ventre du petit garçon s'est mis à gargouiller si fort que j'ai cru que sa maison allait tomber en morceaux. (Cela dit, ça ne peut pas être pire qu'actuellement.) Je me suis souvenu que j'avais un bout de pain dans la poche. Je ne comptais pas le manger parce que Sylvain l'a jeté par terre, alors je me suis dit que j'allais l'offrir à Yves (va savoir pourquoi je l'avais gardé à la base). Il m'a remercié beaucoup trop de fois et est allé le donner à sa maman. Elle ne s'est pas fait prier et a englouti la miche.

Bref, quand Yves a raconté son entrevue avec le Laby, il affichait un air totalement détendu (pourtant, ces créatures sont effrayantes, et je sais de quoi je parle). Il m'a expliqué qu'il a couru aussi vite qu'il pouvait dans sa direction. Une fois à proximité, de grandes rafales se sont levées et le ciel a viré au gris (pile-poil les mêmes phénomènes que lorsque j'ai moi-même rencontré un Laby). Il a ensuite formulé son vœu sans perdre un instant, le Laby a accepté, puis a disparu.

Je n'ai pas très bien écouté la suite de ses explications, tellement la mère de Yves n'arrêtait pas de tousser et cela me déconcentrait énormément, mais je n'ai manqué aucune information majeure. De ce que j'ai compris, Yves a bien mal à la tête depuis son souhait et il se sent triste, mais ce n'est pas très pertinent. Le plus important, c'est qu'il est à présent capable de percevoir les enfants avec le plus de détresse dans le cœur, et ça, mon amour, ça changera tout.

D'après lui, une fillette en souffrance viendrait régulièrement à proximité de son domicile. Je lui ai demandé de me conduire à elle, mais il m'a appris qu'elle était loin pour le moment. Il m'a dit qu'il connaissait parfaitement cette petite fille, mais que, selon lui, elle allait bien et menait une existence aisée.

Je lui ai questionné sur son nouveau pouvoir de détection. Il m'a expliqué qu'il pouvait sentir comme des « points » dans l'espace, et qu'il pouvait avec précision les situer par rapport à lui. Cependant, il est incapable de voir l'individu qu'il identifie ou même de savoir quoi que ce soit à son sujet. Je lui ai alors demandé comment il pouvait être certain que la personne qu'il détectait était une petite fille. Il m'a simplement dit que ça correspondait à la position du point qu'il visualisait dans sa carte mentale, lorsqu'il a obtenu son pouvoir, ce matin. Et que le point s'est éloigné depuis. (Je n'ai pas tout à fait compris, mais je n'ai pas insisté pour connaitre plus de détails sur son fonctionnement.)

Yves m'a confirmé que la fillette ne serait pas présente avant la fin de la semaine, car son père, un commerçant itinérant, partait souvent avec elle. D'après lui, elle revient toujours le samedi, vu que, parfois, il la croise quand il puise de l'eau.

Je sais alors ce que nous ferons samedi ! Inutile de te dire qu'on mettra tout en œuvre pour rencontrer cette petite fille, quand bien même, d'après Yves, elle ne souffre pas du tout. (J'espère qu'il a correctement formulé son souhait, sinon on est dans la mouise.)

Il ne me restait plus qu'à en parler à Isabella et Sylvain. C'était mon objectif pour le lendemain (aujourd'hui) à la sortie des cours. Pour cette grosse brute de Sylvain, cela s'est avéré facile, car il est littéralement dans la même classe que moi. Alors, j'ai pu lui glisser l'information pendant que monsieur Mars emmenait un cancre dans le couloir par le col.

Pour Isabella, ce fut une autre affaire. Je l'ai aperçue dans une rue en face au moment où je quittais l'enceinte de l'école. Elle transportait un énorme sac de farine qu'elle a dû acheter au vieux Tim qui habite juste en dessous du collège pour fille (bon sang, qu'il pue cet homme-là). J'ai presque couru jusqu'à elle pour lui parler de notre nouveau plan, mais j'avais peur qu'elle me sollicite pour porter ses affaires. Alors, j'ai préféré attendre le lendemain. (Et dire que le père d'Isabella ne travaille pas et qu'il est relativement en bonne condition physique… Je ne comprends pas pourquoi il demande à sa fille de rapporter un aussi gros sac de farine à elle toute seule. Ce n'est pas très correct).

Quoi qu'il en soit, je la trouverai demain pour lui expliquer tout ça. Je t'avoue qu'il s'est passé pas mal de petites choses dont j'aimerais te parler. Mais je sens mon esprit dériver, et je n'aurai bientôt plus l'envie d'écrire. Alors je te dis déjà à demain, mon cœur. Je penserai à toi le reste de la soirée.

Tu es tout pour moi,

Arnold.

2 Mai 1850

Parlons stratégie.

Alphonse continuera certainement ses projets. On doit garder à l'esprit qu'il a entre ses mains un détecteur de souhait, mais il n'est plus le seul désormais. En me mettant à sa place, je suis sûr qu'il renoncera à chercher des enfants dans la ville où l'on a trouvé Yves (que j'ai bien envie de renommer « la citée boueuse »). Il a terriblement peur de Sylvain et il sait que c'est notre territoire à présent. Cela dit, je ne dois pas oublier que la ville est gigantesque, alors Alphonse pourrait courir le risque d'y retourner, tout en espérant ne pas nous croiser. Donc, je resterai sur mes gardes.

Mais je n'ai aucune inquiétude, contrairement à eux. Sylvain est dans mon équipe (j'ai déjà réfléchi à une perspective de trahison de sa part, mais, étant donné son amour pour Isabella, ça n'arrivera jamais). Je peux véritablement compter sur son aide pour mener la vie dure aux traitres.

Et en parlant de vie dure, Alphonse est plus bas que jamais (d'après Sylvain). À tel point que ce dernier a hésité un moment avant de continuer à le brutaliser, de peur de le tuer à la moindre pichenette. Tout ça, c'est du pipeau, de la comédie pour se faire sous-estimer, mais ça ne prend pas avec moi ! Je sais qu'Alphonse a des idées derrière la tête, et Andy, son bras droit, est toujours là pour l'aider dans ses plans. Je dois juste m'assurer d'être plus rapide qu'eux. Quel gâchis ! S'ils étaient restés avec moi, ils auraient pu formuler des souhaits à l'infini, eux aussi. Tant pis pour eux, ils devront s'en passer.

Je me suis renseigné sur les villes voisines, et il se trouve que l'endroit où vit Yves n'est pas le plus proche. Il existe un petit village comptant une vingtaine d'habitants au nord de chez nous, à une heure de marche. Pour éviter d'y aller pour rien, je demanderai prochainement à Yves s'il détecte des enfants en souffrance dans ce fameux village (j'en profiterai pour lui demander s'il en voit dans ma propre localité.) Et ensuite, on avisera.

Je ne te l'ai pas dit, mais il est tôt dans la matinée, et je partirai bientôt à l'école. J'aimerais partager avec toi ce que mon père et, dans une moindre mesure, ma mère m'ont fait avant que je m'en aille hier.

Quand je suis rentré des cours (plus tôt que d'habitude), ils m'ont interpelé dans la cuisine pour discuter de mes résultats scolaires. Ils trouvent ça inacceptable que mes notes soient aussi mauvaises. Toujours selon leur version (c'est surtout mon père qui a pris la parole, je dois t'avouer), je fais honte à notre famille et ils n'osent plus regarder monsieur Mars dans les yeux. Je leur ai expliqué que c'était parce qu'il était trop strict avec moi, mais ils n'ont rien voulu entendre. Ils disent que je suis borné, car, je cite : « le monde n'a jamais connu de meilleur professeur ». Rhooooooo, ils sont tellement aveugles.

Bref, voici le sale coup qu'ils m'ont fait : « Si tes notes ne s'améliorent pas de manière drastique, on se verra dans l'obligation de te renier et tu seras livré à toi-même. »

MONSIEUR MARS ME DÉTESTE, JAMAIS JE N'ARRIVERAI À AMÉLIORER MES RÉSULTATS (c'est ce que je voulais leur crier). Malheureusement, juste quelques onomatopées chuchotées sont sorties de ma bouche. C'était évident que mon père avait pris la décision tout seul, ma mère ne paraissait pas vraiment d'accord avec cette décision, mais elle ne s'est pas interposée.

Mon père m'a demandé si j'avais compris, et j'ai hoché la tête. Ensuite je suis allé dans ma chambre et je t'ai écrit le message d'hier. C'est étrange, mais je n'arrivais pas clairement à me représenter la situation, ce n'est qu'aujourd'hui que je réalise et que j'ai peur. Je risque de perdre mon foyer et ma famille. Vivre à la rue me terrifie, je ne suis pas sûr de pouvoir m'en sortir. J'ai conscience que je ne suis pas le plus studieux de ma classe, mais on ne devrait pas me chasser de la maison pour ça, c'est inhumain. Je ne mérite pas d'avoir des parents aussi... méprisables. Le papa d'Isabella ne l'abandonnerait pas même si elle devenait une délinquante. Je sais que tu te dis peut-être que c'est du bluff, mais je ne le crois pas. Ce n'est pas dans le genre de mon père de faire de faux coups de pression ainsi. S'il m'a dit qu'il me virerait de la maison, alors il le fera.

Dans ce cas, deux choix s'offrent à moi :

Le premier, j'étudie avec acharnement pour augmenter mes notes (mais, comme monsieur Mars me déteste, c'est perdu d'avance...)

Le second, j'abandonne les cours et je me lance à fond dans la réalisation de souhaits par les divers enfants que nous trouverons, dans l'espoir de réussir notre objectif le plus tôt possible.

Je ne te cache pas que le second choix me donne beaucoup plus envie que le premier. Je rêve de t'avoir auprès de moi le plus vite possible, mais il est aussi particulièrement stressant et risqué. Cela dit, si j'y arrive, je pourrai vivre fortuné jusqu'à la fin de mes jours. Et surtout, je serai à tes côtés !

Que dois-je faire ?

Si seulement tu pouvais être là pour me conseiller...

Je demanderai son avis à Isabella, de toute façon il est l'heure pour moi de partir à l'école, j'espère la croiser aujourd'hui, j'ai beaucoup à lui dire.

À plus tard, je pense souvent à toi (et j'ai constamment notre chanson en tête).

Mon amour !

C'est le soir, et j'ai encore un peu de temps pour t'écrire. Je n'ai toujours pas pris de décision quant aux deux choix dont je t'ai parlé ce matin, mais j'ai eu l'occasion d'en discuter avec Isabella. D'après elle, je dois suivre la première option, car être studieux m'offrira un meilleur avenir (j'aurais dû m'en douter de sa part). Sa réponse ne m'a pas plu, mais elle pourrait avoir raison... Je vais encore y penser.

Je lui ai aussi parlé de la fillette qu'on ira rencontrer samedi, en compagnie de Sylvain et du nouveau membre de notre équipe ; le petit Yves. Elle avait l'air particulièrement emballée, j'ai vu ses yeux s'agrandir et briller de mille feux, ce qui m'a un peu surpris, je dois l'avouer, mais ce n'est pas plus mal. Je lui ai suggéré de passer un peu de temps ensemble chez moi après l'école. (Afin que mes parents continuent à penser qu'elle et moi sommes amoureux, et pour qu'ils n'aient pas envie de me mettre à la porte, parce qu'ils adorent Isabella.) Elle a dit qu'elle était occupée et qu'elle ne pourrait pas. Je lui ai demandé ce qui pouvait l'accaparer à ce point, mais elle a bégayé une réponse incompréhensible.

C'est terrible, j'ai l'impression qu'elle me cache quelque chose. Elle ne sait vraiment pas mentir, et j'ai bien vu qu'elle avait essayé, mais qu'elle s'était entortillé la langue. Elle me dit toujours tout, d'habitude… De ma vie, je n'ai jamais connu quelqu'un en qui j'ai autant confiance qu'Isabella (à part toi) et l'idée même qu'elle ne soit pas honnête avec moi me fait profondément mal. C'est très étrange, je continue à croire en elle et en sa bonne foi, mais des doutes s'immiscent tout de même en moi.

Non. Elle ne me trahira jamais.

Je te laisse pour aujourd'hui, je sens que je devrai tabler sur ce problème tout seul (bon sang, qu'est-ce que j'aimerais que tu sois là pour qu'on puisse réfléchir à deux).

Avec un incommensurable amour,
Arnold.

4 Mai 1850

C'est aujourd'hui que je vais rencontrer la fameuse petite fille et essayer de la convaincre de faire un vœu pour notre cause. J'ai passé toute la journée d'hier à réfléchir et à anticiper la conversation qu'on aura avec elle. Par conséquent, je n'ai pas beaucoup écouté pendant les cours de monsieur Mars (pas bon pour mes notes, tout ça).

J'en suis venu à la conclusion qu'Isabella devait s'adresser à elle, et probablement à tous les enfants en souffrance auxquels on sera confrontés. Elle est beaucoup plus douce avec les gens que Sylvain ou moi, et je pense que, si la fillette est apeurée, Isabella est la seule capable de trouver les mots pour la calmer.

Oui, c'est la meilleure option. Ensuite, je me permettrais de lui préciser mon plan et je prierai pour qu'elle le comprenne et le suive, à l'instar de Yves avant elle.

Isabella et Sylvain devraient être en train de m'attendre aux abords du village à l'heure qu'il est, je ferais mieux de me dépêcher. De toute façon, je t'ai déjà expliqué tout ce que j'avais à raconter. J'aurais bien aimé te parler d'Alphonse et Andy, mais je n'ai pas eu de nouvelles de leurs agissements depuis la dernière fois. Ça ne me dit rien qui vaille.

Je te ferai un compte rendu des évènements, en rentrant. Je t'aime, à ce soir.

Mon amour, il s'est passé moult aventures depuis ce matin. J'ai encore le cœur qui bat à vive allure et mes mains tremblent légèrement. J'ai hésité à attendre demain pour t'écrire, mais je ne pouvais pas ; je devais tout te relater.

Au moment où j'ai refermé mon journal, je me suis précipité vers la porte d'entrée avec l'immense hâte que les choses avancent enfin. Je me suis dirigé vers l'ouest (en prenant bien soin d'éviter madame Johnson, qui plantait des fleurs chez le vieux toqué du village [j'ignore pourquoi]). J'ai trouvé mes deux camarades, timidement assis l'un à côté de l'autre contre une maison. Ils m'ont vu et se sont aussitôt levés. Après quoi, nous avons entamé notre trajet.

Cette fois-ci, l'itinéraire m'a semblé plus court, sans doute parce que j'étais impatient d'arriver, alors j'ai pressé le pas. Quand nous sommes arrivés chez Yves, c'est un petit garçon rempli d'énergie que nous avons retrouvé. Il portait toujours les mêmes haillons que l'autre fois, mais se tenait bien plus droit et arborait un sourire réjoui (j'ignorais que notre cause le galvanisait autant). Quand Isabella lui a demandé si sa mère allait bien ; ses joues se sont légèrement affaissées. Il nous a expliqué qu'elle avait du mal à mâcher le pain. Alors, il trempe des morceaux dans l'eau pour qu'elle ait plus de facilités, mais elle recrache à chaque fois, ce qui l'inquiète beaucoup. Isabella voulait s'assurer que sa maman se portait bien, mais je lui ai rappelé qu'on était là pour une autre raison. Nous devions trouver la fillette grâce au pouvoir de détection de Yves. Elle a bien contesté, mais je lui ai dit que, au moment où l'on pourra faire des vœux à l'infini, on pourra soigner la mère du petit garçon en un claquement de doigts. Elle a acquiescé en silence.

J'ai demandé à Yves s'il sentait la présence de la petite fille, et si elle était loin. Il m'a dit qu'elle était actuellement chez elle, à moins d'un kilomètre d'ici.

Nous sommes alors partis tous les quatre dans la direction que nous indiquait l'enfant et nous sommes arrivés vers une immense demeure. Celle-ci était bien plus propre que la plupart des gruyères qu'on trouve dans cette ville. Elle était même au cœur d'un grand espace fait de roche et de terre, sans aucune maison adjacente. En voyant cela, je me suis tout de suite dit que la personne qui habitait là était la plus riche de toute la région. Je ne comprenais pas bien l'agencement des lieux, ni pourquoi elle se situait au centre de quatre rues pour géants, mais je dois dire qu'elle était assez impressionnante.

Nous nous sommes arrêtés devant une double porte d'au moins trois mètres de haut, et avons discuté entre nous. D'après Yves, la petite fille était juste en face, mais bien trop loin pour être dans ce bâtiment. Sylvain a rapidement émis l'hypothèse que la maison était si grande que la petite fille peut sembler être à l'autre bout du monde, alors qu'elle est probablement dans sa chambre. Mais Yves n'avait pas l'air convaincu. J'ai donc suggéré que nous fassions le tour de la demeure, pour dissiper nos doutes.

Nous avons aperçu une grosse charrette quand nous sommes parvenus à l'arrière, où deux chevaux pouvaient y être attelés. On ne voyait pas bien ce qui se trouvait à l'intérieur, car son contenu était camouflé par une bâche. D'après Yves, aucun doute n'était permis : l'enfant était là-dedans. Sylvain nous a donc aidés à grimper dans la charrette (oui, on n'y arrivait pas sans son appui) et on est allés regarder dedans. Mis à part certaines caisses en bois vides, on apercevait surtout un drap blanc (du moins, à l'origine) qui recouvrait quelque chose au fond. Je me suis empressé de me diriger vers la forme en question, et je n'ai pas eu besoin de la confirmation de Yves pour comprendre que la petite fille était juste sous ce drap. Je l'ai retiré et j'ai pu voir ce maigre corps enroulé sur les planches dures de la charrette, les yeux clos. J'ai d'abord cru que la fillette était décédée, mais elle s'est rapidement mise à bouger comme si elle voulait changer de position. Isabella l'a réveillée en douceur en la tapotant légèrement sur l'épaule.

Une fois éveillée, la pauvre ne comprenait pas ce qui se passait, mais ne semblait pas effrayée, comme nous l'aurions imaginé. Elle nous a calmement demandé notre nom et nous a donné le sien : Marie.

Yves avait l'air perturbé. Il m'a chuchoté à l'oreille que ce n'était pas la petite fille qu'il avait en tête, celle qu'il croise de temps en temps lorsqu'il sortait de chez lui. Selon lui, celle qu'il s'attendait à voir était bien plus grande et affichait toujours un sourire, contrairement à Marie, qui semblait simplement détendue. Yves est certain d'avoir déjà aperçu l'autre fille à l'avant de cette même charrette, auprès d'un homme qui conduisait les chevaux. Nous avons demandé des précisions à Marie, qui nous a expliqué que la jeune fille en question était sa sœur ainée, mais qu'elle n'était pas là pour l'instant. Elle et leur père étaient partis avec la plus petite charrette, car l'un des deux chevaux était malade. Bref, tous ces détails insignifiants ne sont que perte de temps, et j'ignore pourquoi je te dis tout ça.

Oh, je m'interromps un moment pour te dire une chose, j'oublie parfois que tu n'étais pas présente à ce moment-là, alors tu ne sais pas à quoi Marie ressemble. C'est une enfant d'environ quatre à six ans, blonde et très bien soignée. Elle a les cheveux proprement attachés (Isabella m'a appris le nom de sa coupe, mais je n'ai pas retenu). Elle porte des vêtements qui ont l'air chers, voire luxueux.

Comment une petite fille pareille peut-elle être en souffrance ? C'est la question qui me taraudait l'esprit dès le moment où je l'ai vue. Malheureusement, il aurait été déplacé pour moi de demander une telle chose aussitôt après l'avoir rencontrée.

Bien que Marie nous ait certifié que personne ne devrait venir avant demain matin, nous avons laissé Sylvain monter la garde à l'extérieur de la charrette, au cas où.

Pendant qu'Isabella posait toutes sortes de questions à Marie sur son bien-être, je me suis penché vers Yves. Je lui ai demandé si cette petite fille souffrait beaucoup, ou s'il s'était trompé. Il m'a garanti que personne n'avait plus de douleur dans le cœur à des kilomètres à la ronde. Ce qu'il avait dit à propos de la sœur de Marie n'était que simple supposition de sa part, car il ne connaissait que cette dernière. J'ai décidé de lui faire confiance. Après tout, il n'a aucune raison de me mentir. J'espère seulement qu'il a correctement formulé son vœu, et qu'il détecte bien les enfants en détresse, et pas ceux avec une autre caractéristique. Mais, étant donné ce qui s'est passé par la suite, je suis certain qu'il avait vu juste.

Peu après, la petite fille a dit quelque chose qui m'a profondément intrigué : elle s'est déjà trouvée face à un Laby, mais elle n'a pas réclamé de souhait. Oui, tu m'as bien lu. Lorsque Marie a croisé une de ces créatures, elle s'est contentée de dire « Reviens plus tard » et il a accepté. C'est terriblement improbable. Je me suis empressé de lui demander de détailler sa rencontre, elle n'a pas été contre, mais j'ai sans cesse dû lui tirer les vers du nez tellement elle reste vague.

Voici son histoire :

Elle est partie il y a quelques semaines en compagnie de son père et de sa sœur pour vendre des « marchandises » dans un village voisin. Je n'ai pas réussi à savoir quelles étaient ces marchandises, mais bon, je suppose que ce n'est pas important. Une fois arrivés, l'un de leurs chevaux est tombé malade. Alors, son père et sa sœur sont partis avec l'animal, je ne sais pas où, afin de le soigner. Marie s'est donc retrouvée seule dans la charrette et c'est là que les choses sérieuses ont commencé. Un Laby a surgi à l'intérieur, juste devant son nez. D'après elle, il était très grand et fin, et il lui manquait l'un de ses bras. La créature était couverte de poils bleu foncé. Ça correspond tout à fait à un Laby, mais ce n'est pas le même que celui que j'ai rencontré (pareil pour Yves).

Lorsqu'il est apparu dans la charrette, Marie a sursauté et a renversé toute une pile de caisses, faisant un bruit de tous les diables, qui a effrayé le cheval encore attelé. Ce dernier s'est mis à courir tout droit et à pleine vitesse.

La charrette se balançait dans tous les sens, mais le Laby, pas le moins du monde perturbé, s'est tourné vers Marie et lui a demandé de formuler un vœu. Bien sûr, elle n'avait pas la tête à ça. Elle faisait de son mieux pour ne pas tomber et essayait de se diriger vers l'avant de la charrette pour calmer l'animal, lequel s'apprêtait à renverser des passants et enfants qui jouaient là. Malheureusement, elle ne savait pas comment apaiser le cheval. Alors, elle dut se contenter de s'accrocher à une caisse et espérer que l'étalon ralentit de lui-même. Au bout d'un moment, la charrette avait quitté le village et filait en ligne droite sur une route vide de circulation. Elle a ainsi pu récupérer ses esprits pendant que l'animal et la charrette continuaient leur course tout droit, sans aucune secousse. Et remarquer pleinement la présence du Laby, qui attendait toujours son souhait. Ce dernier a insisté et Marie a dit la phrase suivante :

« Je veux que le cheval s'endorme et que la charrette s'arrête, je veux retrouver mon père et ma sœur ».

Le Laby a rigolé et lui a lancé qu'il n'allait pas la laisser gâcher un tel potentiel dans un vœu aussi simple. Cette phrase m'a beaucoup perturbé, et je pense qu'elle est essentielle pour la suite de nos plans. Marie a demandé des explications, et le monstre lui a simplement dit qu'elle avait un immense potentiel, et qu'elle pouvait émettre un souhait bien plus puissant si elle le désirait. Une opportunité pareille était rare pour un Laby. Cette phrase également a piqué ma curiosité. Il lui a ensuite ordonné à nouveau de formuler un vœu, mais de plus grande ampleur. Elle lui a avoué qu'elle ne pouvait pas se concentrer si ce cheval continuait à courir, et qu'elle allait sans doute mourir si rien n'était fait. Là-dessus, la créature s'est décidée à apaiser la bête avec ses pouvoirs et la charrette s'est immobilisée.

Et le plus fou, c'est que le Laby lui a à nouveau exigé d'exprimer un vœu. Ce qui veut dire qu'il a stoppé le cheval… gratuitement. Il a accepté de calmer l'animal car il a compris que Marie était en danger et qu'elle ne pourrait pas réclamer de souhait si elle mourrait. C'est à ce moment qu'elle a compris que le monstre avait besoin d'elle et de son souhait, et qu'elle était en position de force. Ce ne sont pas les Laby qui nous imposent quand nous faisons notre souhait. C'est plutôt nous (elle, plus précisément). Quoi qu'il en soit, elle lui a dit qu'elle refusait de faire son vœu maintenant, et qu'il allait devoir revenir plus tard.

Le Laby était en colère, et il a bafouillé que plus elle attendait, moins son souhait serait puissant, mais il a bien vu qu'elle ne cèderait pas. Alors, il a accepté de patienter, car avec un potentiel pareil, ce ne sont pas les jours, ni même les semaines, qui allaient le ternir.

Et il est parti. Moi qui pensait que les Laby pouvaient nous imposer de faire notre souhait quand ils nous le demandaient. Avec une telle puissance, je me suis toujours dit qu'il vallait mieux les écouter, sinon ils pourraient nous massacrer d'un claquement de doigts, et pourquoi s'en priveraient-ils ? C'est comme nous et les fourmis. ; si elles ne nous écoutent pas, tant pis pour elle, on les écrase. Mais apparemment ce n'est pas le cas ici, ils ont aussi besoin de nous.

J'espère avoir correctement résumé son histoire (bon sang ! que cette fillette raconte mal les choses, elle omet tous les détails et elle explique tout de travers, grrrrr).

J'ai le sentiment d'avoir oublié quelque chose, voire plusieurs. Je ne sais plus, mais là, je commence à voir flou tellement j'ai écrit. J'ai besoin d'une pause, je te dis à demain, mon amour.

AH ! MAIS OUI, JE ME SOUVIENS DE CE DONT JE N'AI PAS PARLÉ. Pourquoi mes mains tremblaient et mon cœur pulsait aussi vite que celui d'un chat qui court après sa proie ? Eh bien, parce que Marie nous a demandé quelque chose de totalement insensé après avoir raconté son histoire. Je t'en parlerai demain… Je dois réfléchir à la manière dont je te le dirai.

Si seulement tu étais avec moi, je dois prendre une grande décision (en plus de celle de continuer ou non les cours) et j'ai besoin de conseils.

Je t'aime,
Arnold.

5 Mai 1850

Ma très chère et tendre âme sœur,

Aujourd'hui est une journée calme, sans cours, sans parents et sans madame Johnson (prions pour que ça reste ainsi). Ce n'est pas tous les dimanches que je peux être libre, alors je compte bien en profiter !

Je viens à peine de me réveiller, mais j'avais déjà envie de t'écrire. J'ai passé une bonne partie de la nuit à ruminer ma journée d'hier et à me poser des centaines de questions. Que faire…

Je pense avant tout aller chez Isabella, la pauvre était en état de choc. Si moi je tremblais comme une vieille personne, tu aurais dû la voir, elle était aussi livide qu'un cadavre. J'ai bien cru que la vie allait s'échapper de ses yeux gris, c'était terrifiant. Tout ça à cause de la requête formulée par la petite Marie…

J'ai passé toute la nuit à me demander si je devais te raconter la vérité ou pas, mais je t'en ai déjà trop dit et ça ne serait pas correct de ma part de faire marche arrière. De plus, je refuse de te cacher le moindre secret, j'aimerais tout te dire. Alors, voilà. Quand nous lui avons suggéré de rejoindre notre groupe et d'utiliser son souhait pour réclamer des vœux à l'infini, la fillette nous a répondu ceci : « D'accord, je ferai le souhait que vous désirez, mais vous devez me garantir que ça fonctionnera et que je pourrai en faire autant que je veux ensuite. »

Nous lui avons fait la promesse de notre sincérité. Elle était sur le point d'accepter, mais à la place, elle nous a demandé quelque chose qui nous a tous laissés sans voix :

« Et (continua-t-elle), je vous prie de tuer mon père. Sans ça, il n'y a pas d'accord qui tient. »

Je suppose que tu comprends mieux pourquoi nous étions dans tous nos états. On a d'abord cru à une blague, mais Marie était on ne peut plus sérieuse. Je lui ai fait répéter au moins dix fois, car j'étais persuadé que j'avais mal entendu, mais systématiquement elle donnait la même réponse. Isabella, pendant ce temps, restait totalement immobile, le regard dans le vide (c'était effrayant). J'ai demandé à la petite fille pourquoi elle envisageait qu'on commette une telle atrocité, mais elle n'a pas souhaité me répondre. Elle m'a dit que je devais me contenter d'obéir à ses instructions si je voulais qu'elle me rende service.

Je n'en reviens pas. Prendre la vie de quelqu'un, c'est au-delà de tout ce que j'aurais pu faire… Et, quant à Isabella, n'en parlons même pas, elle était totalement opposée à cette idée, ce qui se comprend. Malgré tout, on a vraiment besoin de cette petite fille et de son immense potentiel, c'est le seul moyen pour qu'on soit réuni, toi et moi. Je ne peux pas vivre sans toi, et je suis certain que c'est pareil pour toi. Alors, une vie d'arrachée pour deux de gagnées… Je ne sais plus quoi penser.

J'espère que tu comprends mon dilemme. J'aurais tellement aimé avoir ton avis là-dessus. Je doute sur ce qui est juste ou pas. J'ai dit que j'étais prêt à tout pour te rencontrer, mais là c'est différent. Et si je refuse, j'ai peur que ça signifie que mon ambition de te retrouver n'était peut-être pas si grande, finalement...

Non, je veux à tout prix qu'on soit réunis, je me le suis promis...

Comme tu peux le voir, je n'ai toujours pas pris ma décision. Je vais y songer encore un moment, et je te partage mes pensées...

Je réfléchis depuis plusieurs heures à la question, et j'hésite sérieusement à accepter la proposition de la fillette. Comprends-moi, mon amour, on doit être réunis, coûte que coûte, c'est pourquoi je dois envisager tous les choix imaginables, même s'ils sont difficiles à prendre. Elle est possiblement la seule à pouvoir réaliser LE vœu qui permettra de concrétiser nos plans, on ne peut pas passer à côté. Et puis, si ça se trouve, son père est une personne abominable, et c'est peut-être à cause de lui qu'elle est tant en souffrance. Mettre fin à ses jours sera peut-être salvateur pour Marie !

Par contre, je dois t'avouer que, quand elle nous a lâché ça, j'ai annoncé d'emblée à Marie qu'on allait refuser sa proposition. Je voulais vérifier si elle acceptait tout de même de rejoindre notre groupe (et éviter de mettre mes coéquipiers à dos pour le moment [surtout Isabella]). Résultat : Elle a dit « tant pis » et s'est retournée vers le fond de la charrette, comme pour nous faire comprendre que la conversation était terminée. Nous lui avons promis que nous repasserions un de ces quatre pour voir si elle avait changé d'avis, mais que, de notre côté on ne risquait pas d

Pardon, mon cœur, j'ai dû partir subitement, car quelqu'un frappait à la porte... et pas n'importe qui. Isabella est assise sur mon lit, tandis que moi j'ai pris place sur une chaise à l'autre bout de la pièce. La pauvre est en train de pleurer. J'ai bien conscience que, de ton point de vue, la scène peut sembler quelque peu étrange : un adolescent qui écrit dans son carnet pendant que sa meilleure amie sanglote juste à côté. Mais je t'assure que tout est normal. Je connais Isabella depuis de nombreuses années maintenant, et je sais que, lorsqu'elle est dévastée, l'option la plus sensée consiste à la laisser se calmer d'elle-même. De toute façon, je ne parviens jamais à trouver les mots adéquats pour la faire se sentir mieux.

Je crois bien qu'Isabella est la seule à être au courant de mon journal, et je suis persuadé qu'elle ne lira jamais son contenu, car j'ai confiance en elle. Je peux écrire même si elle est à côté, c'est vraiment une amie.

Pendant qu'elle se remet de ses émotions, je vais te raconter ce qu'elle m'a dit à son arrivée.

Elle est retournée voir Marie ce matin (bon sang, je me rends compte que je me suis levé terriblement tard), et elle a fait la connaissance de son père. Ce dernier décrassait les sabots de ses chevaux et faisait divers entretiens dont j'ignore la nature (et qui ne m'intéressent pas, de toute manière). Elle a tenté de rebrousser chemin, mais il l'a interpelée. Il soutient que, même si l'arrière de sa maison était ouvert à la rue, c'était une propriété privée et qu'elle n'avait pas à s'y trouver. Isabella s'est excusée et a voulu repartir, mais l'homme lui a demandé d'attendre. Il a dit qu'il ne l'avait jamais vue auparavant et qu'elle ne semblait pas d'ici. Elle a avoué qu'en effet, elle venait d'un peu plus loin et qu'elle n'était que de passage dans la ville. Ensuite, elle a marché le plus vite possible en espérant qu'il ne lui poserait plus de questions et retourne à ses chevaux. Dès qu'elle était sûre qu'il ne pouvait plus l'apercevoir, elle s'est mise à courir jusque chez moi. C'est après m'avoir dit ça qu'elle s'est effondrée dans mes bras et a fondu en larme.

Je lui ai assuré qu'elle en faisait trop. Cet homme lui a simplement fait la remarque qu'il ne la connaissait pas. Je ne vois pas le mal là-dedans, mais elle m'a expliqué que je ne pouvais pas comprendre. D'après elle, il dégageait une « aura » de malveillance pure qui venait la fusiller de plein fouet. Je lui ai dit que c'était sûrement la requête de Marie qui lui montait à la tête et qu'elle se faisait de fausses idées. Elle s'est contentée de me frapper le torse et de répéter que j'étais stupide. Et depuis lors, elle pleure sur mon lit.

Je vais lui préparer une tisane, en espérant que ça lui fasse du bien. Je te retrouve tout à l'heure.

Isabella est dehors à présent (nous sommes une vingtaine de minutes après qu'elle a bu son thé), elle dit qu'elle a besoin de temps seule pour mettre de l'ordre dans ses pensées. Je lui ai proposé de rester dans ma chambre et que j'écrirais dans mon carnet sans faire de bruit, mais elle tenait à être entièrement isolée. En général, mes parents sont dans le salon le dimanche, avec vue sur le jardin, mais, comme ils ne sont pas là, elle peut y être tranquille.

De mon côté, ce n'est pas de solitude dont j'ai besoin, mais de toi. Si seulement tu pouvais être auprès de moi… Isabella ne va pas bien et je me sens impuissant.

Mon amie m'a explicitement dit qu'elle voulait regarder la vie s'éteindre de ses yeux (alors qu'elle l'a vu à peine une minute… Waw, il doit faire un sacré effet). Je suis d'accord que ça peut être une bonne solution, évidemment, mais c'est un meurtre. De tous les membres de notre groupe, je pensais qu'Isabella serait la dernière à accepter une chose pareille, mais elle l'a suggéré avant moi. Je n'en reviens pas.

Qu'on soit clairs, elle n'a pas décidé de mettre fin aux jours de cet homme, elle a simplement évoqué l'idée. Je connais mon amie par cœur, et je suis certain qu'elle ne pourra pas aller aussi loin. Mais voilà pourquoi elle se sent mal : elle voudrait aider cette petite fille, mais sans avoir à commettre une telle atrocité (c'est à peu près ce qu'elle m'a confié entre deux sanglots).

Je dois dire que je ne comprends pas son raisonnement. Si l'on ne tue pas son père, Marie ne nous donnera pas son vœu, alors pourquoi lui rendre ce service ? Qu'a-t-on à gagner à agir ainsi ? Absolument rien. Pour moi, deux solutions seulement sont possibles. Soit, on exécute ses instructions, elle nous rejoint et réclame son souhait pour nous. Soit, on ne l'aide pas et on devra trouver d'autres enfants et oublier Marie. Mais l'étrange cerveau d'Isabella se dit qu'on doit à la fois l'aider, et laisser son père en vie. Les conditions de la petite fille sont claires, alors pourquoi se compliquer la tâche ?

Notre discussion s'est presque exactement déroulée de cette manière :

Isabella : « On doit aider cette petite fille, qui doit être terriblement malheureuse. »

Moi : « Alors, tuons son père. »

Isabella : « Mais on ne peut pas faire ça, c'est horrible. »

Moi : « Alors, ne le tuons pas ? »

Isabella : « Mais elle doit tellement souffrir. »

Qu'allais-je bien pouvoir dire d'autre, sinon réitérer ma première proposition ? J'ai bien conscien

J'entends du bruit dans les escaliers, revient-elle déjà ?

Je me sens plein d'énergie et de curiosité. Isabella m'a donné envie de croiser cet homme qui lui fait si peur. Je la connais, elle exagère sans doute, elle a tendance à dramatiser les choses, mais je suis tout de même curieux de le rencontrer…

Elle m'attend dehors, nous allons retourner dans cette ville poisseuse. Je vais prendre mon carnet et écrire en avançant.

Nous sommes sur le chemin et je n'ai jamais vu Isabella aussi stressée (bon sang, qu'elle marche vite). Elle parle énormément et prévoit chaque scénario possible et imaginable, concernant nos actions et nos réactions en fonction de diverses variables. Je lui ai dit qu'elle se prenait trop la tête et qu'elle devait se calmer, mais elle s'est énervée sur moi… Depuis, je me fais tout petit. Bon sang, je n'ai rien vu venir, quelle mouche a piqué Isabella ?

J'ai mal aux yeux et j'ai bien failli tomber plusieurs fois à force d'écrire en marchant, je ferais mieux de refermer mon journal pour le moment. À très vite.

12 Mai 1850

J'ai oublié mon journal chez Marie.

Oui, tu m'as bien lu.

Tu ne peux pas t'imaginer à quel point c'est difficile de rester une semaine sans t'écrire, ça m'a terriblement manqué.

Je vais directement entrer dans le vif du sujet. Comme tu le sais, Isabella et moi sommes retournés voir Marie. Lorsque nous avons aperçu sa maison, nous avons remarqué que son père se tenait devant elle, installé sur les marches. Isabella allait nous faire repérer quand elle a commencé à paniquer, car elle n'avait pas pensé à un scénario où il pouvait être assis. Heureusement, un ballon de football s'est propulsé juste devant sa vision et lui a fait oublier qu'il avait entendu un bruit dans notre direction (nous étions pile en face, derrière un bâtiment).

De loin, ce monsieur me semblait tout à fait normal, alors j'ai décidé d'aller à sa rencontre (Isabella ne m'a pas suivi). Quand je suis arrivé près de lui, j'ai tout de suite entamé une conversation et le courant est plutôt bien passé entre nous. Il m'a demandé pourquoi un jeune de mon âge se trouvait dans un endroit pareil, et j'ai dit que je n'en avais pas idée, moi-même ; je voulais simplement me laisser porter par mes jambes. Il m'a posé beaucoup de questions sur mes origines et mon confort de vie. (Il a dû remarquer que je portais des vêtements en bon état, ce qui était rare dans cette ville.) Il m'a demandé qui était mon père et m'a annoncé, avec un large sourire, que c'était un grand ami. Étant donné qu'il travaille ici, ça ne m'étonne pas qu'il le connaisse, mais j'ai tout de même voulu savoir comment ils s'étaient rencontrés, alors je l'ai interrogé à ce sujet. Il m'a avoué que mon père était son client le plus fidèle, et qu'il l'appréciait énormément. Je lui ai demandé ce qu'il commercialisait, mais il s'est contenté de dire que c'était un marchand ambulant. Il fait le tour des villes et villages, et ce sont toujours les mêmes personnes avec qui il fait affaire. Il m'a ensuite dit qu'avec un peu de chance, je serai moi aussi un de ses clients plus tard (je veux bien moi, mais si j'ignore ce qu'il vend…)

Je ne comprends pas pourquoi Isabella était si inquiète. Damien (c'est son nom) m'a invité à l'intérieur lorsqu'il s'est mis à pleuvoir, et m'a préparé de la soupe. Elle n'était pas terrible, mais je n'allais pas refuser.

(D'ailleurs, c'est à ce moment-là que j'ai perdu mon journal. Je l'ai laissé dans ma veste que j'ai déposée sur un meuble que m'indiquait Damien. Tu l'auras compris, j'ai oublié de la reprendre en repartant…)

En résumé, il n'y avait rien de suspect et pas d'émanation maléfique, comme le soutenait Isabella. Quand j'ai quitté les lieux, Damien m'a demandé de saluer chaleureusement mon père (ce que je n'ai pas fait). Je ne te cache pas que je voulais à tout prix éviter que mon père soit informé que je me rends de temps en temps dans la ville dans laquelle il travaille. Et, s'il connait Damien, ce dernier lui dira sans doute qu'il m'a vu… Je serai bon pour une rafale de questions sur le pourquoi du comment je me retrouve à deux heures de chez moi au lieu de réviser. Mais heureusement pour moi, mon père ne semble pas encore au courant, mais je sens que ça sera bientôt le cas.

Je me suis empressé de retrouver Isabella après que Damien a refermé la porte. Elle m'a posé une myriade de questions, sans même me laisser le temps d'y répondre. Quand je lui ai dit que je trouvais ses inquiétudes infondées et qu'elle donnait trop de liberté à son imagination, elle s'est remise à me frapper le torse (aïe). Ce qu'elle peut être têtue, elle refuse de me croire. Je lui ai demandé ce qu'elle voulait qu'on fasse, et elle m'a avoué qu'elle ne savait toujours pas.

Nous sommes alors retournés dans notre village et dans nos maisons respectives. C'est tout ce qu'il s'est passé ce jour-là.

MAIS, comme tu as pu le voir, nous sommes une semaine après, et il s'est écoulé moult aventures depuis.

Le lendemain, je me suis réveillé en me disant que j'avais omis de t'écrire au moment où je suis rentré chez moi. J'ai donc cherché mon carnet là où je le dépose habituellement, mais il n'y était pas. Je me suis alors empressé de descendre dans le couloir pour fouiller à travers l'amas de vêtements empilés sur le porte-manteau, mais je n'ai pas trouvé ma veste. J'ai imaginé tous les scénarios et le plus probable était que je l'avais oublié chez Damien. J'étais pris de panique, car je devais à tout prix éviter que quiconque lise son contenu, surtout cet homme (après tout, j'ai écrit noir sur blanc que j'envisageais de le tuer). J'ai voulu courir jusqu'à son domicile pour récupérer mes affaires, mais on était lundi et je me devais d'aller à l'école…

Comme je l'ai déjà dit, je pourrais tout abandonner. Car, avec des vœux infinis, continuer les cours n'a que peu d'intérêt. Toutefois, je dois avouer que, tant que je ne suis pas certain de parvenir à mes fins, j'ai tout de même peur des conséquences.

Je ne te dis pas à quel point j'étais en panique toute la journée. J'attendais avec impatience que monsieur Mars nous libère des cours. J'ai essayé de me remémorer les paroles du petit Yves la dernière fois. Si je me souviens bien, le père de Marie part avec sa fille (ou ses filles, plutôt) pendant la semaine et ne revient que le week-end. Par conséquent, il était fort probable qu'il n'y ait personne pour ouvrir quand on frapperait chez eux.

Dans le doute, je m'y suis tout de même rendu dès que j'ai pu, mais, comme tu peux te l'imaginer, personne ne m'a ouvert. J'ai profité de ma venue dans cette ville pour rendre visite à Yves. Le petit garçon était au chevet de sa mère, comme d'habitude. Celle-ci est plus agonisante que jamais, je me demande comment elle fait pour tenir aussi longtemps dans son état. J'ai voulu savoir si tout allait bien, et il m'a répondu que oui. Nous avons discuté un moment des divers enfants en souffrances dans le secteur. Apparemment, il en reste trois dont la douleur se rapproche de celle de Yves (son égo a dû prendre un coup au moment où il m'a dit ceci, car il fait toujours de son mieux pour cacher ses peines).

Nous avons alors établi la stratégie suivante : rallier les trois enfants à notre cause SANS leur imposer de faire de souhait, tant qu'on n'était pas certain que les trois coopèreraient. Et dès qu'on saura combien d'entre eux sont prêts à nous suivre, on se permettra de demander aux premiers des vœux à titre d'information. Par exemple, ils pourront réclamer : « comment obtenir des vœux à l'infini » ou encore « y a-t-il une faille dans le système des souhaits », etc. Et ce sera au dernier enfant qu'incombera la lourde tâche d'exiger LE vœu qui changera tout. C'est un bon plan.

Le lendemain, je m'inquiétais de ne plus avoir vu ce traitre d'Alphonse depuis qu'on les a chassés lorsqu'ils ont voulu entrer en contact avec le petit Yves. Donc j'ai discuté un peu avec Sylvain quand ce gros débile est venu me chanter la chanson, en arrivant à l'école. Il ne l'a plus croisé depuis un moment. Par conséquent, il se contente de martyriser Andy, son cousin et allié. Je lui ai demandé de lui soutirer des informations sur l'endroit où trouver Alphonse, et il a frappé son poing dans sa paume en signe d'enthousiasme.

Le soir, j'ai accompagné Sylvain jusqu'à la cour du bâtiment des plus jeunes pour y retrouver Andy. Lorsqu'il m'a aperçu, il a essayé de partir en courant dans la direction opposée. Malheureusement, Sylvain se situait pile là où il voulait aller, et le petit garçon lui a juste bourré dans le torse, avant de tomber à la renverse. La brute s'est penchée au-dessus de lui et Andy a tenté de reculer, toujours à terre, mais Sylvain a été plus rapide et l'a attrapé par le col du t-shirt. Tu te doutes que, comme tout persécuteur qui se respecte, Sylvain l'a ensuite soulevé du sol et plaqué contre un mur de brique (et dire qu'avant c'était moi qui avais droit à tout ça). Après, il lui a hurlé à la figure (c'est étonnant que les adultes n'interviennent jamais quand Sylvain fait des choses pareilles). Andy a alors détourné le regard le plus à droite possible, tout en fermant les yeux si fort qu'on aurait dit que le bord de ses paupières était ridé. Je me suis ensuite avancé et lui ai demandé calmement où se cachait Alphonse. Bien entendu, il a refusé de me le dire, et j'ai dû le menacer de laisser les poings de mon ami s'exprimer s'il n'acceptait pas de coopérer.

Faire une chose pareille me procurait une certaine satisfaction, et je comprends pourquoi Sylvain s'amuse à brutaliser les gens. Toutefois, j'aimerais éviter de le faire trop souvent, car c'est un acte cruel, après tout. Je me sers de Sylvain uniquement lorsque c'est nécessaire, comme pour le cas présent.

Andy tenait visiblement à son visage et nous a appris qu'Alphonse se faisait hospitaliser à Saint-Stan. Nous l'avons donc chaleureusement remercié en lui expliquant que s'il répétait à son cousin qu'on le cherchait, il serait mort, et l'avons regardé courir jusqu'à la sortie de l'école.

Ainsi donc, le traitre serait à la clinique Saint-Stan (ai-je pensé). C'était la deuxième fois en quelques jours que j'entendais ce nom, et la première fois, c'était via Isabella.

Ma meilleure amie s'y était rendue ces derniers temps. Je n'ai jamais voulu connaitre la nature de ses visites, parce que c'est impoli de poser ce genre de question. Mais je me suis dit que j'allais lui demander si elle était au courant pour Alphonse, et si elle savait où je pourrais le trouver. Par chance, j'ai pu l'intercepter ce jour-là en retournant chez moi. Elle semblait toujours aussi tendue que la veille et m'a dit qu'elle n'avait pas beaucoup de temps à m'accorder, car elle était fort occupée. Je lui ai alors proposé de parler pendant le trajet, et elle a accepté.

D'après elle, Alphonse est bel et bien logé à l'hôpital Saint-Stan. Elle aurait vu la mère du traître entrer dans une chambre en répétant quelque chose comme « Oh, mon pauvre petit chéri » ; par conséquent, elle a supposé que c'était lui. Cela dit, elle ne savait pas ce qui lui était arrivé. J'ai émis l'hypothèse que Sylvain l'aurait frappé trop fort, mais ça ne nous semblait pas plausible à tous les deux, étant donné que ce dernier ne l'avait plus cogné depuis un moment. Cette idée s'est avérée encore moins crédible lorsqu'Isabella m'a dit quelque chose qui m'a légèrement troublé : Alphonse se trouve dans une section de l'hôpital réservée aux problèmes « incurables ». Si j'ai mis des guillemets à incurables, c'est parce que ça n'est pas tout à fait le cas. Cette section voit de nombreux patients repartir en pleine forme (bien que, la plupart du temps, ils vont en direction de la morgue), car des âmes altruistes utilisent parfois leur souhait pour guérir un malade. Apparemment, l'hôpital fait souvent appel aux gens pour qu'ils emploient leur vœu dans le but d'aider les patientes et patients. Le problème est que le monde est mal fait, et que l'existence des Laby est cachée aux enfants, ainsi qu'à celles et ceux qui n'en ont jamais vu (même des adultes !). Résultat : de nombreuses personnes formulent un souhait inutile et égoïste quand un Laby les prend de court, et elles regrettent ensuite de ne pas l'avoir utilisé pour aider une de ces personnes. Pire encore, des proches de malades mettent parfois fin à leurs jours, car ils refusent de passer par le deuil de l'être cher, alors que ce dernier finit par être sauvé plus tard.

Je ne comprends vraiment pas pourquoi on nous cache ceci, c'est totalement illogique.

Quoi qu'il en soit, j'ai remercié Isabella pour ces informations, et j'ai pris congé.

Jeudi, je suis parti seul rendre une petite visite à Alphonse. Trouver sa chambre ne m'a pas posé problème, puisque la section incurable de l'hôpital était sacrément minuscule. J'ai juste dû passer la tête par trois portes différentes pour dénicher celle du traître. Lorsqu'il m'a vu, il a poussé un cri, suivi d'un « pas toi ! ». Je l'ai salué poliment.

Je lui ai dit de se calmer, que j'étais venu sans Sylvain et que je voulais simplement discuter. Il a accepté de m'écouter, mais était toujours sur ses gardes.

Je lui ai demandé son ressenti sur la situation, sur nos chemins qui ont divergés, pourquoi il avait décidé de nous trahir, etc. Je désirais avoir une franche conversation avec lui, pour en savoir plus sur ses pensées et ambitions. J'en avais marre de me cacher et d'attendre de récupérer deux ou trois maigres informations de temps en temps, je voulais le confronter pour pouvoir avancer plus vite, quitte à lui dévoiler certaines choses en échange.

Je l'ai laissé parler pendant un bon moment, sans jamais l'interrompre. La seule interférence dans son histoire fut Alphonse lui-même, lorsqu'il était pris de spasme ou qu'il faisait comme une crise d'angoisse.

Et il m'a dit ceci :

« Je ne comprends pas ton raisonnement, Arnold. Tu as été persécuté par Sylvain pendant des années, et encore maintenant, il n'est pas tout tendre avec toi. Certes, il ne te brutalise plus, mais te chante cette chanson humiliante. Nous sommes similaires, toi et moi, des victimes. Victimes de bourreaux impitoyables comme lui. Si je me suis éloigné de ton groupe, ce n'est pas par ta faute, même si je ne te rejoignais pas sur toutes tes idées, mais à cause de lui. Je ne comprends pas pourquoi une brute pareille était dans notre groupe. Ce n'est pas normal qu'il puisse profiter de vœux illimités. Pour un monde plus équitable, nous devons précisément nous liguer contre ces gens-là. Nous manquons peut-être de muscles, mais nous avons un cerveau, et c'est grâce à lui que nous pouvons réaliser nos souhaits, et enfin pouvoir rivaliser avec eux. Je n'ai pas à cœur de les malmener, comme ils l'ont fait. Je veux juste posséder des armes pour me défendre, mais, si on leur en donne également, l'injustice continuera d'exister. Tu as subi autant que moi, Arnold. Comment peux-tu valider cette violence et t'en servir pour tes propres intérêts ? As-tu déjà oublié ce que cela fait de souffrir ? »

« C'est le moyen le plus rapide d'arriver à mes fins, lui ai-je répondu. Une fois que mes vœux seront infinis, je ne m'en servirai pas pour t'opprimer, de même que ton cousin ou n'importe qui d'autre. Je n'éprouve pas de plaisir à ça. »

« Il n'y a pas que la violence, Arnold. Certes, les choses avanceront plus lentement, mais tout sera beaucoup plus sain. Tes méthodes alimentent l'injustice de ce monde. Pense aux conséquences globales de tes actes, pas simplement à ce qu'elles t'apporteront à toi. Crois-tu pouvoir gérer un tel pouvoir à toi tout seul ? »

« Je m'en servirai juste pour avoir une vie confortable, et retrouver celle que j'aime. Après ça, tout sera comme avant, à l'exception d'une chose : je serai enfin heureux. »

« C'est là la différence entre toi et moi. Je ne veux pas me contenter d'être heureux. J'ai à cœur que tout le monde le soit, toi y compris, Arnold. Avec un tel pouvoir, on peut faire bien plus que de s'assurer la sécurité, on peut garantir celle du monde. »

Il n'avait pas tort. On pourrait rendre la vie beaucoup plus facile, mais ce n'est pas mon souhait. Si, évidemment, je veux que l'humanité se porte au mieux. Mais ça demanderait trop d'implication, et je passerais à côté de ma propre vie. Alphonse semble avoir cette ambition, celle de changer le monde, et c'est louable. Mais je me dois de rester sceptique, je ne peux pas simplement boire ses paroles. Il est évident qu'une personne avec du pouvoir s'en servira pour assouvir ses intérêts individuels, même si ce n'est pas dans ses projets à la base. Avec la puissance d'une infinité de souhaits, pourquoi se contenter d'aider l'humanité, alors qu'on peut modifier telle ou telle chose en plus ? C'est forcément ce qu'il se dira. Il finira par façonner le monde à son image, mais les goûts d'un individu n'iront jamais à toute une population. Ça ne peut que mal se terminer.

Je serais bien resté pour continuer notre conversation, mais, malheureusement, Alphonse s'est mis à convulser de plus en plus et il avait des difficultés à articuler. La seule chose qu'il ait réussi à me dire quand je suis parti est la suivante : « Le monde regorge de douleur, Arnold. J'espère que tu ne pourras jamais ressentir tout cela, je te le souhaite. »

Et je suis parti d'un pas lent.

Cette conversation avec Alphonse m'a beaucoup fait réfléchir, bien plus que je ne le pensais en entrant dans l'hôpital. Je suis sérieusement en train de me demander s'il est bel et bien mon ennemi, ou s'il est celui des brutes, comme il me l'a dit. Peut-être a-t-il évoqué ceci dans le but de me perturber ? Je l'ignore. Et pourquoi est-il dans cet hôpital, d'ailleurs ? J'y ai également beaucoup réfléchi, et je pense que c'est à cause de Sylvain : la peur lui a fait perdre la tête.

Tu m'en veux si je te raconte le reste demain ? Je me sens fatigué et j'ai du mal à aligner les mots.

J'ai hâte de t'écrire,
Arnold.

13 Mai 1850

Je suis content de m'être réveillé tôt aujourd'hui, j'aurai le temps de t'écrire avant d'aller en cours.

J'en étais au lendemain de ma visite à l'hôpital. Ce jour-là (vendredi, je crois), je n'ai pas fait grand-chose. Je voulais me rendre chez Yves pour lui demander un petit service, ainsi que chez Marie pour tenter de récupérer mon carnet. Mais malheureusement, monsieur Mars s'est dit que c'était le bon moment pour me garder un peu plus longtemps à l'école. Selon lui, « Des résultats aussi catastrophiques impliquent des mesures drastiques. »

Cela dit, ça n'est pas plus mal en un sens. Il m'a expliqué (ainsi qu'à deux autres élèves) toutes les matières qui posaient le plus de problèmes et je suis heureux de me rendre compte que les mathématiques ne sont pas si compliquées que cela, finalement. De plus, il a signé un bout de papier que j'ai pu tendre à mes parents, comme preuve de bonne foi dans mon étude. Cela dit, la décision de rester après l'école ne venait pas de moi. J'ai peut-être perdu une journée pour avancer dans mes projets, mais elle m'a servi pour retarder la foudre de la colère de mes parents, alors tout va bien.

Le lendemain, samedi, je suis parti en fin d'après-midi chez Yves (toujours en prétextant sortir avec Isabella) pour qu'il me montre les maisons des trois enfants en souffrance. Il a dessiné un plan de la ville sur une feuille de papier, en indiquant plusieurs repères stratégiques, comme son domicile, celui de Marie ou encore le vieux puits où il allait chercher son eau. Je sais maintenant exactement où aller ensuite, même si, dans tous les cas, je compte m'y rendre avec Yves et son super détecteur.

Pendant un moment, j'ai cru que le petit Yves n'allait pas survivre longtemps. Il avait la peau sur les os et avait énormément de difficulté à porter son seau sur la distance qui le séparait du puits. Je me doute que, parfois, il reste plusieurs jours sans manger (d'autant plus qu'il semble donner le peu de sa pitance à sa mère). Mais, aussi étonnant que ça puisse paraitre, il était en pleine forme, et je distinguais de moins en moins ses os, et sa maman, quant à elle, va de plus en plus mal. Peut-être a-t-il enfin compris qu'il devait penser à sa survie en priorité, car c'est lui qui trouve la nourriture, il a besoin de plus d'énergie que sa mère. Ou peut-être est-ce parce qu'elle a finalement décidé de ne plus accepter les vivres qu'il lui donne, pour que son fils puisse manger à sa faim. Je ne sais pas, mais il est agréable de voir Yves en grande forme, on a encore besoin de lui.

Bref, les choses évoluaient dans le bon sens, mais il me manquait toujours quelque chose d'extrêmement important : mon journal.

C'est hier (avant de t'écrire) que je me suis mis en quête de récupérer ce qui m'appartient. Je suis parti tôt ce matin et je suis arrivé peu de temps après, bien que légèrement essoufflé, chez Marie. J'ai de suite frappé à la porte et Damien m'a ouvert dans les deux minutes. Il avait l'air content de me voir et m'a d'emblée demandé si j'étais là pour reprendre ma veste. Je me suis confondu en excuse et ai confirmé que j'étais en effet venu pour cela. Il m'a dit qu'il n'y avait aucun problème, qu'elle m'attendait à l'endroit où je l'avais laissée. Alors, je me suis empressé de la récupérer, de m'excuser à nouveau et suis parti en remerciant chaleureusement Damien. Et c'est tout.

Bien sûr, je ne peux pas être certain qu'il ait lu mon journal ou pas, mais je sais du moins que la phrase où j'évoquais sa fille et son désir de le voir mort est passée inaperçue. Sinon, elle en aurait sans nul doute subi les conséquences. Même un père aussi sympathique que lui ne pourrait pas laisser passer une chose pareille. Et puis, il a beau être chaleureux, il est également sévère. N'oublions pas que sa fille dort dans une charrette, après tout.

Je voulais tout de même m'assurer que Marie se portait bien, alors je suis allé à l'arrière de sa maison. J'y l'ai retrouvée à l'endroit habituel : sous un drap à l'intérieur de la charrette. Je lui ai demandé si son père avait changé de comportement récemment, mais elle m'a simplement dit que tout était normal (puis m'a défendu de poser à nouveau des questions). Dans ce cas, tout va bien, il n'a pas feuilleté mon carnet.

Je ne te cache pas que ça m'a fait un poids en moins, deux même. J'ai retrouvé mon journal, et personne ne l'a lu, c'est merveilleux !

Bref, il ne s'est pas passé grand-chose d'autre. Maintenant, il est l'heure pour moi de partir en cours ; je te dirai si de nouveaux éléments se présentent. Je t'aime.

Je viens de rentrer de l'école, et j'ai appris par Isabella que la mère de Yves était décédée hier. Bon sang ! Comment a-t-elle pu savoir ? Je parie qu'elle y est allée sans moi, mais qu'est-ce qu'elle mijote ? J'ai beau avoir confiance en elle, je vois bien qu'elle fait des choses dans mon dos (cela dit, moi aussi, je me permets de me rendre chez Yves et Marie seul, alors où est le mal ?) Arf, je ne sais pas quoi en penser. Si je ne peux plus avoir confiance en elle, en qui puis-je ? (Toi.)

Si elle va voir Yves, c'est peut-être pour comploter contre moi, comme Alphonse l'a fait avant elle. Elle a peut-être réussi à l'amadouer pour qu'il détecte les enfants pour elle et non pour notre groupe. Si ça se trouve, ils étaient déjà de mèche avant, et Yves m'a donné de faux renseignements quant à la localisation des trois enfants. Je ne sais pas... Mais pourquoi Isabella ferait une chose pareille ? Elle est bien trop gentille, trop honnête et loyale. Elle ne m'a jamais trahi, pourquoi elle commencerait ? Et pourquoi pas... c'est toujours des gens les plus proches que viennent les pires trahisons. Je suis si confus, tu n'as pas idée.

Quoi qu'il en soit, je vais faire comme si de rien n'était, on verra comment ça évolue. Je me fais peut-être des films, mais on n'est jamais trop prudent.

Ainsi donc, la mère de Yves n'est plus parmi nous. Elle était particulièrement mal en point depuis qu'on la connait, donc ça ne m'a pas tellement étonné. Cela dit, elle a tenu bien plus longtemps que son état ne laissait présager. Pourquoi est-elle décédée alors qu'elle résistait si bien ? Serait-ce parce que Yves a enfin arrêté de lui donner à manger pour se consacrer à son propre appétit ? Si c'est le cas, je pense qu'il a pris la bonne décision. Il n'avait plus que la peau sur les os et nourrissait une condamnée. Bref, ce ne sont que des suppositions de ma part, à vrai dire, je n'ai pas la moindre idée de ce qui a causé son trépas. J'ai bien essayé de demander Isabella, mais elle était trop en pleurs pour me répondre. Alors, je suis rentré chez moi après lui avoir fait un câlin (c'est la seule chose que je sache faire pour l'aider dans ces cas-là).

J'ai pensé à aller chez Yves, mais il est probablement en larme aussi, et je ne tirerai rien de lui. De plus, ce n'est pas correct d'aller poser des questions à une âme en peine. Je ne suis pas ce genre de personne, je peux attendre un moment avant d'aller le voir. Je ne sais pas encore quand j'irai.
J'ai besoin de toi. Tu es ma seule alliée.
Je voudrais tellement t'écrire des heures et des heures, mais je dois réviser.
Avec amour,
Arnold.

14 Mai 1850

Je me suis peut-être légèrement emporté hier. Isabella est et sera toujours mon alliée, je ne peux pas me permettre de douter d'une chose pareille, sinon je cours droit dans le mur.

Je ne me sens pas très bien aujourd'hui, mais j'ignore pourquoi. Mon moral est au plus bas, voilà tout.

Peut-être que je suis triste de vivre sans toi, ou peut-être que c'est l'incertitude de l'avenir qui m'effraie. Quoi qu'il en soit, je suis fatigué.

J'ai besoin de réconfort.

Je t'aime.

L'existence est si fade sans toi, je m'ennuie.

................ooooooooooooooooooooooooo

J'ai envie de gribouiller sur mon carnet, en appuyant si fort que je percerai le papier. Je me sens si seul, la vie est trop calme autour de moi.

J'ai besoin de ta présence.

Je n'en peux plus, je dois te parler de vive voix, c'est intenable.

Et cette mélodie, elle ne quitte plus mon esprit :

Aaaaarnold McMusset, il était tant elle l'aimait.

Aaaaarnold McMusset, elle l'aimait tant il était.

Dieu que Sylvain a visé juste avec cette chanson. C'est ton amour qui me fait vivre, c'est lui qui m'accorde toute la force de continuer, malgré les embuches.

C'est lui qui me donne espoir.

Un jour, nous nous retrouverons, mon âme sœur.

Quand je prends du recul sur la situation, je me dis que cela défie toute logique. C'est vrai, après tout, rien ne me prouve que tu m'aimes, et que tu seras toujours là pour moi. Je n'ai aucune certitude de pouvoir te retrouver, et, même dans le cas où je réussirais, rien ne me dit qu'on pourra vivre une histoire d'amour épanouissante.

Peut-être que tu m'aimes, mais que tu changeras d'avis en me rencontrant.

Peut-être que tu as des critères auxquels je ne corresponds pas.

Peut-être que tu as abandonné l'idée de me retrouver, et que tu es avec quelqu'un d'autre...

Peut-être que tu n'existes pas...

Non, je suis stupide. Si une chose est certaine : tu existes.

Peut-être que tu as vécu par le passé, mais que tu es morte...

N'importe quoi, c'est idiot... mon cerveau part à la dérive, je dois me ressaisir. Ces réflexions ne m'aideront pas à te trouver. Allez, Arnold, pense au plan, poursuis tes objectifs jusqu'au bout, et tu retrouveras bientôt celle qui fait battre ton cœur.

Ne sois pas choquée si ce que tu viens de lire te semblait différent de d'habitude, j'avais besoin d'exprimer mes angoisses sur le papier. Même si, entre nous, c'est surtout avec la parole que je voudrais les extérioriser.

J'ai envie de me défouler, d'être moi-même. Mais je suis trop rigide dans toutes les circonstances de ma vie. J'aimerais pouvoir lâcher prise en ta présence.

Bref, on n'est pas là pour écouter mes états d'âme…

Quoique, c'est peut-être le but d'un journal intime, après tout.

Et voilà, je me sens à nouveau triste.

15 Mai 1850

Pardon pour hier, je ne sais pas ce qui m'a pris. Je me suis senti si faible et en manque d'énergie, mon visage souhaitait simplement glisser hors de ma tête et fondre sur le sol. Mais je vais mieux à présent, je suis prêt à affronter la vie et les obstacles, pour nous.

J'ai proposé à Isabella de se rendre tous les deux chez Yves après les cours (c'est-à-dire dans quelques minutes, je voulais juste t'écrire avant) pour lui présenter nos condoléances. Elle m'a répété au moins vingt fois de ne pas le brusquer, puisque le deuil d'une mère est quelque chose de délicat, surtout pour un si jeune enfant. Toujours d'après Isabella, comme il s'est occupé de sa maman pendant si longtemps, la culpabilité est une émotion qui pourrait l'envahir, car il aurait l'impression d'être responsable de sa mort. C'est ridicule, il n'est en rien fautif ! J'ai vu tout ce qu'il a accompli pour elle, au péril de sa propre santé. Il ne se sentira jamais coupable de ce qui est arrivé à sa mère. Mais Isabella n'est pas d'accord, selon elle, je ne connais pas assez les gens, surtout ceux qui sont différents de moi. Je n'ai pas insisté.

En fonction de l'état de tristesse de Yves, je lui poserai l'une ou l'autre question sur les enfants à qui l'on doit encore parler, mais je ne garantis rien. Je ne pense pas aller en chercher un aujourd'hui. Il est tard, Isabella a l'intention de rester un moment auprès de Yves. (Et puis, Sylvain n'est pas venu à l'école, ce matin, et je préfère qu'il soit là.)

J'écris très lentement en ce moment, et je comptais rédiger pendant qu'Isabella arrivait chez moi, mais elle doit déjà m'attendre à l'heure qu'il est. Je te retrouve tout à l'heure.

Je suis de retour, chère âme sœur.

En partant, je craignais qu'Isabella soit de nouveau aussi stressée que l'autre jour, quand elle se posait des centaines de questions et imaginait chaque scénario. Mais c'était différent, cette fois-ci, la pauvre n'était pas très bavarde et semblait très peinée par la mort de la maman de Yves (plus précisément, triste pour le petit garçon, ce que je comprends). Elle m'a appris que la vie de notre ami allait se métamorphoser du tout au tout, que plus rien ne serait comme avant pour lui. Je lui ai dit qu'avec un peu de chance, les changements seraient positifs. Il peut consacrer l'entièreté de son énergie pour lui-même, maintenant que sa mère n'est plus là, ainsi que la nourriture qu'il trouve. Elle a acquiescé, mais a tout de même soupiré, j'ai l'impression qu'elle ne m'a pas cru. Elle a soutenu que ça serait bien plus compliqué pour lui désormais. Avant, c'était difficile, mais il n'était pas seul. Là, il vient de perdre la personne la plus importante de sa vie.

J'ai écouté mon amie avec beaucoup d'attention, ses préoccupations me touchent beaucoup et je n'ai pas trop osé dire le fond de mes pensées. À ce moment-là, je continuais à me dire que la mort de sa maman était une bonne chose pour lui. Elle avait beau être sa mère, elle ne lui simplifiait pas l'existence à ce petit. J'ai gardé cette pensée pour moi, pour éviter de choquer Isabella.

Bref, Isabella m'a fait part de ses craintes quant au chagrin de Yves, et on peut dire qu'elle a visé juste. En effet, lors de notre arrivée, je n'ai pas pu reconnaitre le garçon que nous avions rencontré quelques semaines plus tôt. Ce dernier était couché dans le canapé à moitié déchiré où était habituellement allongée sa maman. Il tenait dans les mains un petit ustensile en bois (j'ignore pourquoi) et des rivières coulaient le long de son visage. En nous apercevant, Yves nous a lancé la cuillère/louche dessus, puis s'est précipité vers nous pour la récupérer. Le malheureux avait les yeux tellement humides qu'il ne nous a pas reconnus tout de suite ; il a fallu attendre qu'Isabella ouvre la bouche pour qu'il remarque qui nous étions (pourtant j'avais parlé juste avant, je le prends un peu mal).

Mon amie a aidé le petit garçon à marcher jusqu'au canapé et l'y a installé. Le pauvre n'avait probablement plus mangé depuis deux jours. Pleurer la mort l'a empêché d'aller chercher de quoi se nourrir, mais qui peut lui en vouloir pour ça ?

J'ai hésité à demander où avait fini le corps de sa défunte mère, mais je me suis dit que c'était malvenu. Au lieu de cela, je l'ai gentiment interrogé sur son bien-être, et voici sa réponse :

– C'est injuste, le monde est cruel. Maman était si gentille, pourquoi elle est partie ?

Isabella a ensuite passé sa main sur le cuir chevelu du petit garçon et lui a murmuré des mots réconfortants. Elle lui a dit : « Je serai là pour toi. » « Je ne te laisserai pas tout seul. » Ou même un simple, mais efficace « ça va aller ».

Yves a repris la parole :

– Tellement d'enfants souffrent, partout. Je peux les sentir sur des kilomètres, ils sont des centaines de milliers, ça aussi c'est injuste. Beaucoup d'entre eux sont probablement gentils, comme l'était ma maman. Je ne veux plus subir tout ça, je veux que tout redevienne comme avant.

C'est à peu près ce que j'ai compris. Le pauvre pleurait tellement que déchiffrer ses paroles s'avérait compliqué. Suite à cela, il a réclamé sa maman pendant de longues minutes, sans cesse. Encore et encore, c'était affreux.

Isabella m'a beaucoup impressionnée, elle restait calme et rassurante envers le petit garçon. Je pensais qu'elle ne supporterait pas de voir une pareille détresse, mais c'est mal la connaitre.

Lorsque j'ai dit que je souhaitais retourner à la maison, elle m'a accompagné jusqu'à l'extérieur de chez Yves, et elle a craqué. Elle est tombée dans mes bras et ses larmes étaient si importantes que je pouvais les ressentir à travers deux couches de vêtements. Elle m'a parlé, mais je n'ai rien compris. Je me suis contenté de resserrer mon étreinte et de la laisser s'exprimer. Elle ne voulait pas le montrer à Yves, mais cette situation la touche énormément. La pauvre, pourquoi se sent-elle aussi concernée ? Elle ne se rend pas compte que toute cette douleur est néfaste pour elle. J'aimerais qu'elle sache qu'elle ne devrait pas prendre la tristesse des autres pour elle, mais il est compliqué de lui faire entendre raison.

Après de longues minutes, elle m'a lâché et s'est essuyé les yeux. Je lui ai proposé de marcher jusque chez nous, que ça allait lui permettre de penser à autre chose, mais elle a préféré rester auprès de Yves. Je lui ai souhaité bonne chance et suis reparti tout seul.

Sur le chemin du retour, je n'ai pas arrêté de réfléchir à leur tristesse, à tous les deux.

Isabella ne serait pas aussi déprimée si elle n'avait jamais rencontré ce petit garçon. Je me demande si c'était une bonne idée de l'inclure dans mes projets, mais elle est ma meilleure amie, je n'aurais pas pu les lui cacher. Je ne sais pas comment réagir ; j'ai l'impression qu'elle se torture l'esprit toute seule en restant avec Yves.

Pourquoi est-elle ainsi ?

Je veux l'aider ; je déteste la voir souffrir de cette façon.

Elle n'a jamais été aussi mal que depuis que toute cette histoire a commencé.

J'aimerais avoir son talent pour parler aux gens.

Mais je n'en ai pas besoin, je ne dois pas oublier mon objectif. Isabella souffrira un moment, mais, une fois que mes souhaits se seront multipliés à l'infini, je ferai le vœu de son bonheur éternel. Elle le mérite.

En attendant, sois forte Isabella. Pitié, si tu entends mes pensées, ne retourne pas chez Yves. Cela t'affecte trop.

À la fin, tout le monde sera heureux.

Nous deux.

Isabella.

Yves.

Sylvain.

Et même madame Johnson.

16 Mai 1850

Je ne sais pas comment agir avec Isabella. Je dois la préserver de toute cette malveillance, de tout le mal du monde. Je me rends compte qu'elle est bien trop fragile.

Tout est de ma faute.

Ça ne me ressemble pas. C'est peut-être honteux à avouer, mais je réfléchis habituellement à mon propre bonheur en premier lieu. Le monde est cruel et injuste, on doit penser à soi pour survivre et se faire une place ; c'est la dure réalité.

Mais quand je songe à mon amie, les choses sont différentes. Je ne peux pas accepter sa souffrance et son mal-être. Je n'arrête pas de la voir s'écrouler dans mes bras, cette vision est affreuse.

Je ne suis pas amoureux d'Isabella. J'ai conscience que la façon dont je parle d'elle te donne peut-être cette impression, mais je t'assure que ce n'est pas le cas. Je n'aime que toi.

Mais je ne peux pas te cacher qu'elle est très chère à mon cœur, elle est comme ma grande sœur. Si tu le veux bien, je vais t'expliquer pourquoi.

Quand j'étais petit, je souffrais énormément du manque d'amitié, malgré tous mes efforts pour me faire apprécier. Monsieur Mars (déjà lui) me rabaissait beaucoup en classe. Il disait à mes autres camarades que j'étais une graine de voyou et que, s'ils jouaient avec moi, j'allais les influencer négativement. Suite à cela, des rumeurs ont circulé sur moi, j'ignore d'où elles ont pris leur source, et ça n'a pas d'importance. Elles racontaient que mes parents avaient voulu se débarrasser de moi à de nombreuses occasions, mais qu'ils n'y étaient pas arrivés. Certains affirmaient que je vivais dans le poulailler de mes voisins et que je me nourrissais de déchets.

Bref, les enfants inventaient n'importe quoi, et ça ne s'arrêtait pas (j'avais environ 8 ans).

Je peux compter les fois où j'ai pleuré sur les doigts de ma main, personne ne devait me voir, ça signifierait montrer mes faiblesses. Mais un jour, j'ai craqué. J'ai compris que je ne pouvais plus retenir les larmes. Alors, quand Sylvain m'a dit pour la centième fois que j'étais un fardeau pour ma famille, je lui ai lancé la plus grande injure de ma vie et suis parti à toute allure. Je sentais bien que mes joues se mouillaient, mais je suis certain d'avoir fui assez tôt pour que mes camarades ne me voient pas. J'ai couru le plus vite possible avant de m'engouffrer dans une petite ruelle déserte, et j'ai arrêté de me retenir (de toute façon, je n'arrivais plus à tout contenir).

Les rares autres fois où j'avais fondu en larme, j'étais silencieux, dans ma chambre, dans le noir. Personne n'aurait pu se douter de ma tristesse. Mais là, je ne pouvais m'empêcher de pleurer avec bruit, des sons sortaient tous seuls de ma gorge et je ne pouvais pas les rattraper. Ils s'échappaient vers l'entrée de la ruelle où quelqu'un pouvait les entendre.

Et quelqu'un m'a entendu.

Je n'ai pas tout de suite aperçu cette silhouette s'approcher de moi, mais j'ai perçu sa voix douce qui me disait :

– Tout va bien ?

J'ai donc immédiatement essuyé les larmes de mes yeux et me suis tourné pour faire dos à cette personne.

– Bien sûr, lui ai-je répondu. Je suis occupé, laisse-moi tranquille.

Je n'ai plus entendu de bruit. J'ai pensé qu'elle m'avait écouté et qu'elle s'en était allée, alors je me suis retourné et j'ai sursauté en voyant qu'elle se tenait là, à quelques centimètres de mon visage.

Ses yeux étaient presque aussi humides que les miens.

« Comment t'appelles-tu ? » m'a-t-elle demandé.

« McMusset », lui ai-je répondu.

« Moi, c'est Isabella. Qu'est-ce qui se passe ? »

Je lui ai dit que ce n'était pas ses oignons, qu'elle devait partir et me laisser tranquille, mais elle a refusé. J'ai vite compris qu'en insistant pour qu'elle s'en aille, elle allait m'écouter. J'étais sur le point de le faire, quand elle s'est mise à parler :

« Tu as l'air gentil, McMusset. C'est injuste que les gens gentils souffrent. »

C'était la première fois qu'on me complimentait, de toute ma vie. Mes parents, mes grands-parents, mon instituteur, mes camarades, ne m'avaient jamais dit ce genre de parole.

Alors, j'ai fait ce qui me semblait logique à ce moment-là… J'ai poussé Isabella par terre. Je lui ai crié à la figure :

« Et là, je suis toujours gentil ? »

Et je suis parti en courant, sans me retourner.

De tout ce que j'ai pu faire dans ma vie, c'est ce dont j'ai le plus honte.

Le soir, chez moi, j'ai repensé à tout cela. J'ai fait attention à chaque détail dans l'attitude d'Isabella, et je me suis rendu compte que j'avais commis une grave erreur. Elle avait été différente de tous les autres, elle avait des intentions bien plus pures, et moi, je l'ai poussée… Quel idiot !

Le lendemain, en sortant de chez moi, je l'ai aperçue sur le trottoir d'en face. Une si jeune fille seule en pleine rue, c'était plutôt rare. D'habitude, l'institutrice des filles vient les chercher à leur domicile une par une, et elles vont ensemble jusqu'à leur école.

« Je savais que je te retrouverais par ici, m'a-t-elle dit. Mon père m'a dit que la maison des McMusset était dans cette rue. Tu veux parler ? »

(Bon sang, quelle maturité elle avait, à peine à 9 ans !)

« Je suis désolé pour hier, lui ai-je répondu. Je t'ai fait mal ? »

Elle a secoué la tête et m'a demandé si je souhaitais me rendre à nos écoles respectives avec elle. J'ai accepté, et je ne te cache pas que j'en étais content.

Sur le chemin, elle a voulu savoir si j'étais heureux, et je lui ai dit que oui. Je suis doué pour mentir, mais elle a tout de suite compris que je n'étais pas honnête. Puis nous avons marché silencieusement, ne sachant pas l'un l'autre que dire.

Puis, au bout d'un croisement, nous avons croisé un des amis de Sylvain. Lequel a crié « Eh, mais, c'est Arnold McFuret, c'est qui, avec toi, ta sœur ? Elle a été désirée par tes parents, elle, au moins ? Elle sent peut-être la crotte de poule, comme toi. »

Là-dessus, Isabella a pris sa chaussure et l'a lancée en plein dans le nez de cet idiot. Il a dû avoir sacrément mal, car il est parti en marchant drôlement vite. Elle a sauté à cloche-pied jusqu'à son soulier et l'a remis à son pied.

« Voilà ce qui arrive quand on est auprès de moi, les insultes fusent, l'ai-je avertie. Tu devrais poursuivre ta route sans moi. »

« Que je sois avec toi ou que tu sois seul, tu te fais embêter, n'est-ce pas ? m'a-t-elle demandé. »

« Oui. »

« Alors, ça ne change rien que je reste. »

« Ça change que tu subiras toi aussi. »

« Ça m'est égal. Tu n'es pas mauvais Arnold, même après m'avoir poussée hier, je continuais à le penser. J'aimerais rester un moment avec toi. »

« Tu voudrais qu'on soit amis ? » lui ai-je proposé.

Elle m'a dit oui.

J'espère que mes souvenirs sont intacts. J'essaye de reconstruire cette conversation, mais les années sont passées et certaines phrases sont légèrement floues. Je sais juste qu'après cela, je lui ai expliqué l'une ou l'autre insulte dont j'étais régulièrement victime.

Après m'avoir écouté, elle était scandalisée, et m'a promis de m'apporter son aide. Je lui ai dit que je n'en avais pas besoin, et elle m'a affirmé que ça ne la dérangeait pas, au contraire, elle en serait ravie.

Pendant les quelques jours qui ont suivi, j'espérais la revoir devant chez moi en quittant ma maison, le matin, mais elle ne s'est jamais remontrée et je ne l'ai plus croisée pendant un moment. Alors, j'ai fini par ne plus y penser.

Une ou deux semaines plus tard, tandis que je me faisais embêter par Sylvain, un garçon s'est mis entre nous et a ordonné à cette brute de se calmer. Sylvain a poussé mon sauveur par terre et lui a dit que s'il continuait à s'en mêler, il allait en baver, lui aussi, puis il est parti avec sa bande d'idiots.

J'ai remercié ce garçon et l'ai aidé à se relever. C'était la première fois que je le voyais ; j'ai trouvé étrange qu'un nouvel élève arrive dans notre école à cette période de l'année. J'allais lui demander qui il était et pourquoi il était venu m'épauler, mais j'ai tout de suite compris. Quand il s'est retrouvé, debout, en face de moi, j'ai reconnu son visage : c'était Isabella. Elle s'était coupé les cheveux et fait passer pour un garçon afin de pouvoir entrer dans notre cour de récréation.

Pendant une bonne semaine, elle s'est mise à parler à tous les garçons de mon école pour leur dire du bien de moi, et ceux qui ne voulaient pas entendre raison, elle leur criait dessus. L'air de rien, elle a énormément changé la mentalité de tous mes camarades, et mes brimades ont rapidement pris fin (à l'exception de Sylvain, qui ne m'a jamais laissé tranquille).

Je sais qu'elle a eu des problèmes, suite à cela. Son institutrice a averti son père qu'elle manquait les cours et que sa coupe de cheveux était inacceptable pour une jeune fille. Heureusement pour Isabella, il partage à peu près les mêmes valeurs qu'elle, elle a donc pu tout lui dire sans être punie.

Suite à cela, elle est devenue ma meilleure amie.

Elle a tant fait pour moi, je lui en dois une. Voilà pourquoi je m'inquiète, je dois l'aider tout comme elle m'a aidé quand j'étais vulnérable.

Mais je ne sais pas quoi faire ; je serais un monstre si je ne faisais rien.

S'il te plait, conseille-moi.

Suivre les cours… ou les arrêter ?

Aider Isabella… ou poursuivre mes objectifs et l'aider par la suite ?

Tous ces dilemmes sont intenables et me donnent mal au crâne. Mais le pire, c'est que t'écrire aujourd'hui m'a permis de me rendre compte de quelque chose : Sylvain ne m'a vraiment pas fait de cadeau, et je le déteste.

Alors, un autre choix se pose : dois-je me venger de lui… ou pas ?

Trois dilemmes, et je devrai rapidement prendre une décision.

17 Mai 1850

Pourquoi ai-je permis à Sylvain de faire partie de notre bande, c'est inconscient. Pourquoi ne m'en rends-je compte que maintenant ? J'ai cru qu'il pourrait apporter des choses à notre groupe, et c'est le cas, mais il reste dangereux et néfaste.

Certes, ce moyen est le plus rapide de parvenir à mes objectifs, mais plus j'avance et plus je me dis que ce n'est pas la bonne solution. Je me demande s'il ne vaudrait pas mieux progresser lentement, mais sereinement.

Non, je n'arrive pas à m'y convaincre. Je dois te retrouver le plus vite possible, c'est bien trop important pour moi. Et pour ça, j'ai encore besoin de son aide. Je me servirai de sa force et de son caractère, mais, à la fin, il n'aura rien.

Je dois aller à l'école, sinon je serai en retard...

J'ai appris quelque chose de crucial aujourd'hui : monsieur Mars s'appelle Fadet.

Fadet Mars, quel drôle de prénom. J'ai su ça quand ce dernier m'avait puni pour mauvais comportement. J'ai eu le droit à nettoyer l'entièreté de la salle de classe pendant qu'il prenait des notes sur l'actualité (ce qu'il peut être ennuyeux). Son horrible regard noir me transperçait lorsque j'allais trop vite, c'était vraiment terrifiant.

Si je te dis tout ça, c'est parce que j'ai eu une conversation inattendue avec lui.

J'avais beau avoir perdu du temps par sa faute (je n'ai pas pu aller voir l'un des trois enfants, comme je l'avais prévu), j'ai tout de même appris des choses intéressantes.

En effet, il m'a subitement avoué qu'il savait que l'existence des Laby ne m'était pas inconnue, et qu'il aimerait m'en parler. Je me suis demandé comment il pouvait être au courant, personne n'aurait pu cafter ? (c'est sans doute mon père qui le lui a appris.)

Pris de court, je n'ai rien répondu, mais j'ai l'impression qu'il pouvait lire en moi, et il m'a dit ceci :

« Vous savez, monsieur McMusset, lorsque j'étais enfant, je n'étais jamais dans les confidences. J'avais le sentiment de manquer tout ce qui se déroulait autour de moi. Un évènement important, ou simplement des ragots ; j'ignorais tout et mes camarades me mettaient sans cesse de côté. Quand j'ai rencontré l'une de ces bêtes fascinantes, j'ai immédiatement vu là l'occasion d'enfin me sentir inclus. Je lui ai donc demandé de toujours être au courant de ce qui se passait près de moi et dans le monde. C'est pourquoi, aujourd'hui, plus rien ne m'échappe. Alors oui, je suis au courant, monsieur McMusset. »

« Je comprends mieux pourquoi vous nous parlez sans cesse de l'actualité, lui ai-je dit. »

Il a hoché la tête et m'a avoué qu'il était comme tout le monde, mais qu'il avait simplement plus de facilité à recueillir et emmagasiner les informations.

(Eh bien, si j'avais dû deviner son souhait, j'aurais dit qu'il voulait avoir une barbe systématiquement taillée à la perfection, mais son histoire d'actualité ne m'étonne pas le moins du monde.)

Il a ensuite avancé ses coudes sur son bureau et a posé son menton sur ses mains jointes, et s'est remis à parler :

« Vous savez, McMusset, un enfant doit toujours être innocent lorsqu'il rencontre un Laby. Par «innocent», je veux dire qu'il ne doit pas être au courant de leur existence au préalable. Au fil des années où j'ai étudié les vœux, j'ai remarqué une tendance troublante. Les personnes, et surtout les enfants, qui connaissaient les Laby avant de se retrouver face à l'un d'eux, étaient plus susceptibles de formuler des souhaits aux conséquences désastreuses. Contrairement à celles qui n'en avaient jamais entendu parler. Beaucoup pensent l'inverse, qu'un vœu réfléchit est préférable à un spontané, mais c'est faux. Voilà pourquoi on cache cette vérité, car les statistiques prouvent que c'est mieux ainsi. »

(Je me rends compte que je possède vraiment une superbe mémoire pour retenir les propos des gens, au mot près.) C'est pratique pour t'écrire tout ça dans mon journal).

Je n'ai pas tout de suite compris où monsieur Mars voulait en venir, mais j'ai continué à l'écouter :

« Voyez-vous, m'a-t-il dit, un certain Alphonse a récemment fait un souhait et s'est retrouvé à l'hôpital. Il n'a jamais avoué que son état était dû à un vœu, mais les médecins sont unanimes. Je sais que vous connaissez cet enfant, monsieur McMusset. J'ai d'abord trouvé curieux que votre amie, Isabella, lui rende visite deux fois par semaine. Puis, j'ai appris que vous vous y étiez rendu à votre tour, quelques jours plus tôt, alors j'ai rapidement fait des liens. Je sais que vous manigancez quelque chose, McMusset, et je vous conseille de vous calmer. »

(Comment ça, Isabella lui rend visite ?)

J'ai évidemment joué aux innocents et ai nié faire des « manigances », mais il m'a dit de ne pas oublier le souhait qu'il avait formulé. « On ne me fait pas de cachoteries ».

S'il est au courant de tout, pourquoi semble-t-il ignorer le fait qu'une grosse brute du nom de Sylvain Rough s'en prend à quiconque le regarde de travers ? Et pourquoi ne connait-il pas précisément mes projets ? Il sait beaucoup de choses, mais certainement pas tout.

Il m'a dit que les enfants de mon âge étaient incapables de mesurer les conséquences de leurs actes, et que, si j'étais amené à faire des bêtises, il l'apprendrait. Il se montrerait intransigeant envers moi et en parlerait à mes parents (qui seront intransigeants eux aussi).

…

De quoi se mêle-t-il ?

Je n'avais vraiment pas besoin de ça. Les choses sont déjà assez compliquées ainsi… Je déteste monsieur Mars, il ne m'a jamais aidé pour quoi que ce soit. Il a rendu ma vie infernale depuis que je le connais, et c'est loin d'être le seul. Il me le payera.

Je l'ai interrompu avant qu'il termine son petit discours moralisateur, et j'ai évité de répondre à ses questions. J'ai quitté la pièce en courant sans achever ma corvée. C'était peut-être stupide de ma part, mais c'était en quelque sorte ma manière à moi de prendre une décision : j'arrête l'école.

Je ne peux plus faire marche arrière, désormais, pas après être parti comme un voleur. Et je m'en fiche, bon débarras. Demain, monsieur Mars ira trouver mon père et lui expliquera ma conduite. Je serai expulsé de chez moi et je me retrouverai seul. Tout va changer pour moi ces prochains jours, cela va de soi. Alors, il est grand temps que les choses s'accélèrent.

Voilà, comme je te le disais, j'ai appris quelque chose d'important aujourd'hui : monsieur Mars s'appelle Fadet.

Et je vais devoir quitter la maison.

18 Mai 1850

J'ai décidé de prendre les devants. Inutile d'attendre une quelconque confrontation avec mes parents, ça serait vain.

Je les déteste, ils sont prêts à m'exclure de ma propre maison pour préserver leur réputation. Je ne leur laisserai pas ce plaisir, je vais partir de mon propre chef.

« Je m'en vais, et je ne reviendrai plus jamais. Celui qui n'est plus votre fils. »

Voilà le mot que je leur ai laissé sur la table à manger. Court, simple, mais efficace, je n'ai pas besoin d'ajouter quoi que ce soit d'autre.

Il est tard dans la nuit, à l'heure où je t'écris, ou tôt dans la matinée, à vrai dire. Ces mots sont les derniers que j'inscris dans cette maison. Je suis actuellement devant la porte d'entrée, ou plutôt, ma porte de sortie. C'est un grand pas pour moi, j'ose l'espérer.

Je me suis arrêté un peu plus loin. C'est drôle, mais j'ignore où aller. Je n'ai pas vraiment réfléchi à ce que j'allais faire ni à l'endroit où j'allais vivre. Chez Isabella ? Yves ? Je ne sais pas. Pour l'instant, je me contente d'avancer.

C'est une chance que l'hiver soit déjà parti depuis un petit moment, je ne risque pas de mourir de froid, ainsi. Ce qui m'inquiète, c'est la faim, et surtout la soif. Je dois me remettre en marche.

Mais qu'est-ce que je fais au juste ? Tout s'est passé si vite. Hier encore, je me rendais à l'école comme un jour normal, et me voilà à déambuler en pleine nuit, sans savoir où aller. Je me suis laissé emporter... Je ne me rends compte maintenant à quel point c'était idiot de ma part. Je n'ai pas assez réfléchi aux conséquences de mes actes. Survivre me demandera beaucoup de temps et d'énergie, en aurais-je assez pour te retrouver ? Et après ? Je suis vraiment le dernier des imbéciles.

Le soleil est déjà bien levé, j'ai l'impression de marcher depuis des jours et il est clair que mes parents ont lu le mot à l'heure actuelle. Je vois mon père d'ici : « Il est parti ? Eh bien, bon débarras, une bouche de moins à nourrir. » Peut-être même qu'il sourit tandis que ma mère doit être en train de pleurer juste à côté. Aucun retour en arrière n'est possible...

Je refuse que ma vie soit gâchée, et je refuse de tirer une croix sur toi. Alors, pour la suite, je sais où me rendre...

J'y suis.

Devant moi se dresse cette immense demeure aux doubles portes. À l'intérieur se trouve un homme, c'est ma vie ou la sienne. Vais-je vraiment ?

Je l'ignore...

Il est trop tôt pour prendre une décision pareille, et puis il me reste d'autres solutions.

Je sais que je n'ai quitté la maison que depuis quelques heures, et que ce n'est pas en si peu de temps que je mourrai de faim. Mais je commence à avoir terriblement soif, et la panique s'immisce en moi. Ressaisis-toi, Arnold.

Si seulement j'avais pris des provisions pour partir... ce que je peux être stupide, parfois !

Je viens d'aller chez Yves, il est en piteux état. Il est couché dans le canapé où était sa maman et ses lèvres s'agitent toutes seules. Murmurait-il quelque chose ou tremblait-il de froid ? J'aurais peut-être dû me pencher pour vérifier cela. Il avait devant lui une énorme miche de pain ainsi qu'une cruche de lait et un seau d'eau, mais il semblait certain qu'il n'y touchera pas. Le pauvre, il devait vraiment aimer sa mère pour que sa mort l'affecte à ce point.

Je n'allais plus rien tirer de lui, donc je suis parti.

Je me rends à présent chez l'un des trois enfants dont m'avait indiqué Yves sur ma carte, l'autre jour. Il est à deux pâtés de maisons de là où je me situe, je devrais bientôt le rencontrer. Je me retrouve sans Sylvain, alors je suis vulnérable. Isabella non plus n'est pas avec moi, je veux la préserver au maximum de tout ça, la pauvre. Cette fois, je suis entièrement seul.

Me voilà devant une grange, comme on peut en voir des dizaines dans les environs. Tout est calme. Je vais entrer et prier pour y trouver le premier enfant. Ou bien un adulte, d'abord, en espérant qu'on m'offre à manger. Je ne vais pas tarder, car la pluie vient juste de se mettre à tomber. Avec un peu de chance, je serai à l'abri à l'intérieur et on ne me chassera pas. Des gouttes commencent à atterrir sur mon journal, je dois vraiment le refermer, sinon il finira par être trempé, et moi avec.

19 Mai 1850

Ce matin, je me suis réveillé sur un immense tas de foin. Ne crois pas tout ce que les livres racontent : la paille est vraiment inconfortable… J'ai l'impression que des aiguilles me trouaient les joues. Bref, je suis désolé d'avoir attendu aujourd'hui pour t'écrire, il s'est passé de nombreuses choses après que je suis entré dans la grange, et je ne sais même pas par où commencer.

La pluie tombée hier n'était pas une averse normale, loin de là. Dès que j'ai eu refermé mon carnet, elle s'est intensifiée à tel point que j'ai couru vers la grange et y suis rentré sans même m'annoncer. À l'intérieur, j'ai aperçu un jeune garçon debout. Il restait droit comme un i, les bras le long du corps.

Je suppose que tu as déjà vu des fermiers ? Eh bien, imagine un enfant paysan avec tous les stéréotypes que tu as en tête, et c'est lui. Mais il n'était pas tout seul… Juste devant se trouvait un Laby, bien plus grand que les autres, au moins 4 mètres de haut ! (Je n'exagère pas.)

J'ignorais s'il avait déjà formulé son vœu, ou si le Laby venait d'arriver, mais j'ai tout de suite hurlé « NON » et le petit fermier s'est tourné vers moi. J'ai bien vu qu'il voulait savoir qui j'étais et ce que je faisais là. Mais, avec une immense créature de quatre mètres de haut juste à côté, sa priorité n'était pas de m'interroger. Il s'est au plus vite retourné vers le Laby et je lui ai crié de ne surtout pas faire de souhait et de m'écouter attentivement. Je lui permettrais d'acquérir bien plus de pouvoir que ne pourrait lui donner un seul vœu.

Il avait l'air surpris, forcément. Il venait de rencontrer un monstre dont il n'avait même pas idée quelques minutes plus tôt, et un enfant (jeune adulte) qu'il ne connait pas non plus débarque pour lui dire de l'écouter. Ça faisait beaucoup pour lui, mais j'ai tout de même vu qu'il était curieux d'entendre mon message.

Malheureusement, cet idiot de Laby a pressé le petit fermier à faire son vœu. Alors j'ai crié :

« S'il te plait, fais-moi confiance et souhaite savoir comment les Laby sont créés ! Et dans quelques jours, tu pourras lui demander tout ce dont tu as envie. »

C'est seulement là que le Laby a fait pivoter tout en douceur son énorme tête bleue vers moi. Ce dernier souriait, mais il lui manquait la moitié de son visage (celle que je ne pouvais voir initialement). Il a dit d'une voix calme que, dans moins de quatre secondes, il serait parti.

Alors, l'enfant a aussitôt exprimé son vœu, et le Laby s'est volatilisé. Le bruit des gouttes de pluie sur le toit de la grange s'est immédiatement apaisé. Je me suis rendu compte que le vent soufflait fortement sur les murs depuis tout à l'heure, et lui aussi s'est atténué.

Je me suis retrouvé seul avec cet enfant, et aucun d'entre nous n'avons pris la parole pendant de longues secondes. Pendant ce temps, j'ai pu penser à la réponse du Laby :

« Nous sommes conçus à partir de souhaits, entre autres. »

(Bien que « entre autres » m'ennuie un peu, je suis quand même satisfait de mes découvertes.)

Ainsi donc, ce sont les vœux qui créent les Laby, mais également l'inverse, dans un sens… Va savoir qui est arrivé avant, le Laby ou le souhait ? C'est là un débat que l'on pourrait entretenir indéfiniment, je pense, mais ce n'est pas la question. La question est : que réclamerons-nous ensuite ?

Eh bien… le prochain vœu sera de créer deux Laby. Et avec un peu de chance, les deux nouveaux nous accorderont un souhait ? Et ainsi, on pourra les multiplier à l'infini.

Nous nous rapprochons du but, mon cœur. Je le sens.

Quoi qu'il en soit, après ces péripéties, le petit fermier s'est avancé vers moi et m'a demandé mon prénom. En échange, j'ai appris le sien : Robert. Il ne parlait pas très bien le français, mais il comprenait tout ce que je lui disais. Je lui ai alors montré ma carte et expliqué les emplacements des deux autres enfants. Il m'a garanti qu'il en connaissait un et qu'il serait ravi de m'y emmener. Ça peut paraitre fou, mais il ne m'a pas demandé qui j'étais ni pourquoi j'avais influencé son souhait. Je me suis levé, prêt à partir, mais Robert a dit qu'il avait bien trop de boulot à la ferme pour cela. J'ai voulu lui faire comprendre que le travail pouvait attendre, car mon plan le rendrait millionnaire, mais il a hoché la tête.

Je lui ai demandé pourquoi il refusait, et il m'a dit que, si le travail n'était pas entièrement effectué, sa famille allait subir de lourdes représailles. Deux fois par semaine, des bandits viennent prendre une partie des richesses de ses parents. S'ils ne vendent pas suffisamment de lait, d'œufs et de tout le reste que les fermiers commercialisent, ils n'auraient pas assez d'argent pour payer ceux qui les menacent. Je ne lui ai pas demandé de détails, mais j'avoue que je suis curieux de savoir quels produits ils distribuent. Ses parents seraient alors victimes de coups et blessures en tout genre. Je lui ai lâché que ce n'était pas une journée qui allait faire la différence. Mais il m'a garanti que, sans nourriture pour les animaux, même une seule journée, le lait serait de moins bonne qualité et la clientèle cesserait d'en prendre.

Je lui ai donc dit ceci (que je regrette quand je vois mon niveau d'énergie) :

« Demain, je t'aiderai à accomplir tes tâches. Tu auras terminé plus tôt et on pourra se rendre chez ton ami. »

Malheureusement, il a accepté.

La journée sera longue, mais il m'a promis de me donner à boire et à manger, donc ce n'est pas plus mal. Je te retrouve cet après-midi, lorsqu'on aura fini.

COMME C'EST ÉPUISANT. Qui aurait cru que le travail manuel était si éreintant ? Je ne sens plus mes bras ni mes jambes. Et dire que Robert, qui est plus jeune que moi, s'adonne à cette tâche deux fois par jour… Je ne peux m'empêcher d'être impressionné.

Donner à manger aux animaux était déjà long en soi, mais on a aussi dû traire les vaches, nettoyer leurs immondices et s'occuper des mille et un aspects de l'activité agricole que personne ne pourrait soupçonner.

Plus jamais.

Allons vite chercher le deuxième enfant. Mais avant cela, Robert m'a promis à boire et à manger, je n'en peux plus, j'ai si faim.

La mère de Robert m'a servi à manger avec plaisir. Ils n'ont peut-être pas beaucoup d'argent, mais ils savent payer un travail à sa juste valeur (avec de la nourriture). Pendant qu'elle mélangeait la soupe, je ne pouvais pas m'empêcher de l'écouter siffler.

Et pas n'importe quelle mélodie, mais celle de la chanson que Sylvain a faite sur nous. Tu sais bien…

Aaaaarnold McMusset, il était tant elle l'aimait. Aaaaarnold, McMusset, elle l'aimait tant il était.

Comment peut-elle connaitre cette mélodie, d'abord ? Peut-être que j'ai tellement cette chanson en tête que je finis par l'entendre partout…

C'est fou comme je t'aime. Je crois que je ne te le dis pas souvent, tant je suis concentré sur mes objectifs, mais c'est vrai : je t'aime. Tout ça, c'est pour toi, ma chère âme sœur. On sera bientôt réunis.

Quoi qu'il en soit, la soupe était excellente et m'a aidée à reprendre des forces. Robert m'attend déjà, je te laisse.

20 Mai 1850

Bonjour, mon âme sœur. J'espère que tu vas bien, j'oublie chaque fois de te le demander (même si tu ne peux pas me répondre).

OH, je viens d'avoir une idée !

Pardon de digresser, mais je pourrais souhaiter qu'une copie de ce journal t'apparaisse, et que les mots que tu inscris soient également retransmis dans mon cahier. Ça nous permettrait de communiquer, ça doit bien être possible. Je note ça dans un coin de ma tête et j'y réfléchirai davantage, mais je pense que c'est une bonne idée.

Quoi qu'il en soit, j'espère sincèrement que tu vas bien, et que ces moments loin de moi ne sont pas aussi difficiles pour toi qu'ils le sont pour moi. Tu es tout pour moi.

Mais j'aimerais revenir aux évènements d'hier. Comme à mon habitude, je me suis écroulé sans t'avoir expliqué le reste de la journée, mais je me rattrape aujourd'hui.

Te souviens-tu de ma matinée d'hier en compagnie de Robert ? Eh bien, sache que le travail à la ferme est bien plus épuisant que l'on ne pourrait croire. Si bien que, deux fois, j'ai dû faire une pause lorsque nous nous sommes rendus chez le deuxième enfant. Je pense avoir utilisé toutes mes forces pour aider Robert, si bien qu'il ne m'en restait pratiquement plus ensuite. Il m'avait garanti que le chemin ne serait pas long, mais il m'a semblé durer une éternité (j'ai conscience que j'exagère, mais, bon sang, que j'étais fatigué).

Entre deux plaintes de ma part, Robert m'a vaguement parlé de l'enfant qu'on allait rencontrer, ou plutôt, des enfants. En effet, cette famille nombreuse comprend trois membres avec lesquels Robert est ami. Cela m'a assez surpris, je ne pensais pas un instant retrouver plusieurs personnes. Dès le départ, cela m'a intrigué : étaient-ils tous tourmentés, ou devais-je identifier qui, parmi eux, était en détresse ? Et je me suis souvenu de ce qu'avait prononcé Yves lorsqu'il a inscrit les points sur ma carte. « Il y en a un ici, un là et un autre ici. »

Je suis persuadé qu'il aurait dit « plusieurs » en pointant l'emplacement du deuxième enfant. Ce qui voulait dire qu'on n'avait pas le droit à l'erreur, nous devions faire le tri parmi ses frères et sœurs et être certain d'avoir le bon.

Quelques évènements intéressants se sont produits sur le chemin. Par exemple, nous avons vu une vache boiteuse, mais j'ai tellement envie de te raconter ma rencontre avec cette étrange famille que j'irai droit au but. Lorsque nous sommes arrivés en haut d'une colline, nous sommes tombés sur une immense cour en terre retournée où une dizaine d'enfants jouaient, courraient et se poussaient les uns les autres. Juste derrière se trouvait une minuscule maison même pas assez grande pour une seule personne. Laquelle était toute grise et on ne peut plus carrée, sans la moindre porte et fenêtre, uniquement des trous à leur emplacement. Une dame dont je n'aurais su dire si elle était âgée ou jeune criait sur deux enfants en train de se tirer les cheveux. Elle agitait une louche en bois dans tous les sens et une sorte de purée de pommes de terre s'en échappait. Puis, voyant qu'elle n'obtenait pas le respect, elle a abandonné et est rentrée dans la maison.

J'ai demandé à Robert comment on allait faire pour trouver celui ou celle qu'on cherche, et il m'a répondu qu'il ne savait pas avec un accent presque incompréhensible (« éché po »). Mais il m'en a montré deux du doigt et m'a dit qu'il était ami avec eux, mais j'ai tout de suite su que ce n'était pas ceux que nous voulions ; ils rigolaient en se courant après, insouciants et heureux. Lorsque nous avons marché le long de leur terrain, certains ont arrêté de se battre et nous ont regardés d'un mélange de curiosité et de jugement. Je me demande pourquoi, c'est plutôt moi qui devrais les juger, vu leur attitude et leurs vêtements.

Nous avons stoppé notre progression devant la porte (ou l'absence de porte) par laquelle est entrée la jeune vieille dame. Une petite fille au crâne rasé s'est approchée de moi pour me dire que j'avais l'air idiot, puis est repartie (charmant). Robert a crié « ISABELLE » (oui, c'est presque comme Isabella, mais la ressemblance s'arrête là) et la femme de tout à l'heure est revenue avec un saladier dans les mains. Les mouvements qu'elle faisait avec la louche m'hypnotisaient, alors je n'ai pas bien pu l'observer, mais je me souviens qu'elle était blonde et bronzée.

« Oh, Robert, comment va, gars ? lui a-t-elle demandé. Qui est ton copain ? »

Je me suis présenté et j'ai à nouveau vu du dédain dans ses yeux, comme pour ses enfants. Décidément, ils n'ont pas l'air de m'apprécier dans cette famille.

Immédiatement après, le père de tous ces enfants est apparu derrière elle et a mis la main sur son épaule. Il était particulièrement grand et mince, il arborait une énorme moustache et son crâne était déjà bien dégarni. Ses derniers cheveux noirs tombait dans son dos. Il avait un regard dur, voire même menaçant.

Sa conjointe a continué à nous parler, mais lui est resté silencieux pendant plusieurs minutes, et sa présence se faisait sentir. Robert leur a expliqué que j'étais un nouvel ami qui l'avait aidé à la ferme. Et que, grâce à moi, il avait gagné du temps pour venir quelques heures pour jouer avec sa bande. La jeune vieille dame nous a dit que ses amis, dont j'ai oublié le nom, se trouvaient dans le jardin. Puis elle s'est interrompue et a regardé son mari (du moins, l'homme qui vivait avec elle, mais je doute qu'ils soient mariés). C'est là seulement qu'il s'est mis à parler :

« Tu veux aussi jouer avec le Petit, je suppose. GAMIN, Y'A ROBERT, AMÈNE-TOI ! »

Et c'est à ce moment-là que je l'ai vu : l'enfant en souffrance. Il est apparu juste derrière son père et fixait ses pieds nus. Le Petit était bien en chair, comme ses frères et sœurs, mais avait des trous dans les cheveux et ses vêtements. Il était criblé de bleus et présentait des marques tout autour des poignets, comme s'il portait de gros bracelets presque noirs, directement sur sa peau. C'était horrible à voir.

« C'est un vrai casse-cou, hein, notre Petit. Il s'est encore brisé une dent en tombant contre un arbre. Allez, va jouer avec tes amis », a dit son père en lui caressant la tête.

Robert l'a pris par la main (ce qui a arraché une grimace au Petit) et nous a entrainés dans le jardin.

« Sont tous là, comment on va l'trouver ? » m'a-t-il soufflé.

« Inutile, lui ai-je répondu. Je sais de qui il s'agit, on peut aller se promener avec lui ? »

J'ai pointé le Petit du doigt, qui ne m'a même pas regardé, et le fermier a acquiescé.

Robert ne semblait pas se rendre compte de la situation, pourtant, il devait avoir à peu près le même âge que moi. Quand nous nous sommes mis en route, il n'arrêtait pas de rigoler en constatant les bleus de son ami : « Oh, l'est nouveau c'ui là, haha, t'es un vrai casse-cou, toi alors ! »

Suis-je réellement le seul à avoir pensé à autre chose ?

J'ai demandé son nom au petit, mais il ne m'a rien répondu. En fait, il n'a pas dit un mot de toute la durée du trajet. J'ai questionné Robert sur l'endroit où il nous emmenait. D'après lui, il y avait un emplacement où ils allaient souvent tous les deux, accompagnés de deux autres de ses frères, et où ils jouaient à cache-cache. J'étais sur le point de demander si c'était loin, quand il m'a annoncé que nous étions arrivés.

C'était un coin très charmant, à gauche d'un sentier. D'énormes et fiers sapins nous barraient presque la route, mais, une fois dépassés, nous tombions sur un minuscule lac d'une beauté remarquable, lequel continuait son chemin via une petite rivière. Un pont en bois (ou plutôt, quelques planches posées là) traversait le cours d'eau et de grosses bûches étaient installées le long du lac. Lesquelles servaient apparemment de parcours d'obstacle.

Je comprenais mieux pourquoi ils aimaient jouer à cache-cache ici, de grands buissons siégeaient partout et on y trouvait également des écorces d'arbre où un enfant pouvait s'y glisser. On voyait même des trous dans le sol, comme des terriers de lapin géant.

Robert m'a expliqué qu'ils avaient amélioré la version du cache-cache. L'un d'entre eux se plaçait où il voulait, et les autres devaient être tout autour de lui, presque collés à ce dernier. Il comptait alors jusqu'à dix, et tout le monde devait partir se mettre à l'abri. Au moment où il ouvrait les yeux, il devait rester immobile et simplement regarder autour pour voir s'il apercevait quelqu'un. S'il ne voyait personne, la manche suivante pouvait démarrer. Ils faisaient la même chose, mais au lieu de compter jusqu'à dix, c'était jusqu'à neuf, et ainsi de suite, de sorte que ça devienne de plus en plus compliqué de se cacher.

Bref, j'ignore pourquoi je t'explique tout cela (mis à part que ça m'avait l'air très amusant). Revenons à nos moutons, si tu le veux bien.

Nous avons traversé la rivière en empruntant le pont de fortune, et on s'est assis sur de grosses bûches en bois (j'ai encore mal aux fesses). Le Petit nous tournait le dos, donc j'en ai profité pour poser silencieusement toutes sortes de questions à Robert, et voici les réponses qu'il m'a données :

Tout d'abord, le Petit reste sans prénom, mais Robert l'appelle « Casse cou ». (C'est étrange pour des parents de ne pas avoir baptisé leur enfant, mais soit.)

Ensuite, il est né seul, alors que l'entièreté de ses autres frères et sœurs était des jumeaux.

Et pour finir, ce qui m'agace le plus, il est muet…

J'avais remarqué que le Petit ne parlait pas beaucoup, et j'ai pensé que c'était ma présence qui l'intimidait, mais j'avais tort. D'aussi loin que Robert se souvienne, son ami n'a jamais prononcé un mot. Et ça, c'est un véritable problème. Comment allait-il réclamer un souhait s'il ne pouvait pas parler, à moins que les Laby lisent dans les esprits des gens ?

J'ai interpelé le soi-disant casse-cou et il s'est retourné pour me faire face (ou plutôt, il regardait mes chaussures). Je lui ai demandé s'il allait bien, mais il est resté muet. Il n'a même pas hoché la tête. Je lui ai dit qu'il pouvait être lui-même avec moi, que j'étais un ami de Robert, et que je pouvais être le sien également. Mais, là encore, je n'ai reçu pour seule réponse qu'un silence. J'ai répété à maintes reprises que je pouvais l'aider. S'il voulait être libre et heureux, il allait devoir m'écouter. Je crois qu'il a suivi mon conseil. Visuellement, on pourrait penser qu'il était ailleurs, mais je suis certain qu'il était attentif à mes propos. Je lui ai expliqué l'existence des Laby et de mon plan pour qu'on soit tous prospères, et son visage n'a pas cillé, c'en était presque effrayant. J'ai terminé par la seule question à laquelle j'espérais une réponse : « Veux-tu te joindre à nous ? »

Je suppose que tu as deviné, mais là encore, il est resté de marbre. J'ai demandé à Robert s'il était vraiment tout le temps ainsi, et il m'a dit qu'habituellement ils jouaient en silence.

J'ai donc proposé de faire une partie de cache-cache. Je voulais que ce soit au Petit de compter (il allait forcément devoir parler lorsqu'il effectuerait le décompte). Nous nous sommes levés pour nous positionner.

Nous avons essayé leur version du jeu (qui était assez rigolote). Le Petit s'est placé au centre d'un espace assez dégagé et a posé ses mains sur ses yeux, puis il a tapé du pied sur le sol. Pile à ce moment, Robert a couru vers le tronc d'arbre le plus proche et s'y est réfugié. De mon côté, j'ai mis un peu de temps à comprendre que, quand il frappait par terre avec son pied, cela signifiait qu'il commençait à compter (silencieusement, évidemment). Donc, au bout de dix secondes, il a retiré ses mains de son visage et m'a pointé du doigt.

Manche une, et j'avais déjà perdu. Je n'ai plus voulu jouer ensuite.

Nous sommes alors retournés chez le petit. Au moment où nous déboulions dans la cour de leur domicile, son père est sorti de la maison et a hurlé à son fils de rentrer au plus vite, qu'il avait plusieurs tâches à accomplir et que c'était déraisonnable de rester dehors aussi longtemps. (Il a dit tout cela de manière barbare, par conséquent, je me suis permis d'adoucir un peu lors de ma traduction.)

Suite à cela, il nous a fait signe de la tête et est retourné à l'intérieur. Le Petit, sans prendre le temps de nous regarder, a accouru rejoindre son père. Nous étions seuls avec Robert (et un autre enfant qui était toujours à l'extérieur, le visage contre un tronc d'arbre, visiblement puni).

Le fermier m'a proposé de rentrer chez lui et de dormir, car la journée de demain allait être chargée. Je lui ai dit que je ne pouvais pas rester, étant donné que j'avais d'autres projets pour le moment. Il avait l'air déçu, mais n'a pas insisté pour qu'on travaille ensemble le lendemain.

Nous avons repris le chemin de son domicile. Je comptais continuer ma route jusqu'à mon village (ou plutôt, mon ancien village), mais j'ai remarqué que le soleil était déjà bas dans le ciel. Alors, j'ai dit à Robert que j'avais changé d'avis et que je voulais bien dormir dans la grange, mais que je ne pourrais malheureusement pas travailler avec lui. À ma grande joie, il a tout de même accepté.

Et nous voilà maintenant, le lendemain matin, je me suis réveillé il y a quelques heures. T'écrire m'a pris bien plus de temps que je le pensais, et j'ai peur de ne pas pouvoir faire ce que j'avais en tête à la base. Ce n'est pas grave, je vais au moins me diriger vers ma destination, je devrais y être dans l'après-midi. Je te donne des nouvelles dès que je le peux.

Le soleil est sur le point de se coucher, donc je n'ai plus beaucoup de temps pour rédiger. Je suis arrivé là où je voulais, c'est-à-dire l'ancienne cachette d'Alphonse et Andy. Je sais que ça peut paraitre étrange, mais je suis certain de ne croiser personne ici, et l'emplacement est assez isolé pour que je me sente en sécurité. Et comme ils y sont allés de nombreuses fois, l'endroit est « aménagé », alors je pourrai dormir sur un banc cette nuit, c'est déjà ça.

Dès demain, j'irai retrouver Isabella. Je ne voulais plus la mêler à tout ça, mais j'ai un service à lui demander.

21 Mai 1850

J'ai soif ; je n'ai pas bu une seule goutte d'eau depuis des heures, et je commence à me dessécher. Isabella ne sera pas de retour chez elle avant plusieurs heures et je ne suis pas certain de pouvoir tenir jusque-là. Je dois m'hydrater et manger, de toute urgence.

Je me retrouve avec peu d'options. Mes parents possèdent deux grands tonneaux où ils stockent l'eau, mais je sais que ma mère est à la maison et ça serait trop risqué pour moi d'essayer d'en obtenir un peu. De même pour la citerne de l'école. Mon village n'a pas de puits ni aucune autre source d'eau. Les habitants récupèrent l'eau de pluie ou vont en chercher ailleurs avec de grosses charrettes. Aller dans la ville de Yves est également trop imprudent, car c'est très loin et j'ai mal aux jambes, je ne suis pas certain que j'aurai assez d'énergie pour effectuer ce long trajet.

Ce qui veut dire qu'il ne me reste plus qu'une seule option : madame Johnson.

Je n'aurais jamais cru que j'irais de moi-même chez cette folle. Tous les matins, en partant pour l'école, elle essayait de me faire entrer chez elle pour boire une tisane et elle me tenait pendant des heures et des heures, et j'arrivais en retard. Alors, je prenais régulièrement une petite rue qui constituait un détour, mais ça en valait la peine.

Je pense que madame Johnson est une sorcière. Elle est très lente, que ce soit dans sa manière de parler ou de servir le thé. C'en est presque hypnotisant. Chaque fois que je vais chez elle, je suis drainé de toute mon énergie. L'aura de sa maison est pesante, et je me sens particulièrement dérangé à la vue de tous les animaux empaillés qu'elle a sur ses murs. Je pense qu'elle empoisonne sa tisane, ou qu'elle est périmée depuis 1 500 000 ans et que c'est pour cela que j'ai mal au ventre par la suite. De plus, je ne comprends jamais rien à ses récits. Elle utilise notamment le mot « ficelle » à toutes les occasions, comme si elle s'en servait pour des métaphores, mais, bien souvent, cela ne veut rien dire. (« C'était comme mettre une ficelle dans son pain » ou « La ficelle de ta vie n'est pas assez tendue, mon petit Arnold » ou encore « Que serait un bon thé s'il n'était pas mélangé à la ficelle »).

CHARABIA.

Elle me fatigue déjà rien qu'en pensant à elle, mais je n'ai pas le choix, j'ai bien trop soif.

Allez, je range mon carnet dans mon sac à dos et je fonce droit chez elle… Souhaite-moi bonne chance.

Comment je m'appelle ?

Qui suis-je ?

Pourquoi vois-je des ficelles partout ?

J'ai survécu à ma JOURNÉE chez madame Johnson. C'était un véritable enfer, et je pèse mes mots. J'ai d'abord essayé de compter le nombre de fois où elle avait employé le terme « ficelle », mais j'ai abandonné au bout de 26 (ou 36, je ne sais plus). En outre, elle… Bref, je m'interromps ici. Je n'ai plus envie de parler d'elle, et encore moins de te faire subir ce supplice. Je pense que ça sera mieux pour nous deux.

J'ai pu lui demander si elle pouvait m'aider à trouver un récipient pour que je puisse conserver de l'eau, et elle m'a tendu une dame-jeanne. C'est fort lourd et encombrant, mais au moins j'ai plusieurs litres d'eau à ma disposition, ce qui me permettra de survivre environ une semaine. Je n'aurais pas pu mieux rêver : elle est décidément très riche pour pouvoir donner un tel récipient. Mais je ne me plains pas (je note toutefois dans un coin de ma tête que, si je suis affamé, je peux peut-être manger chez elle, en dernier recours, évidemment).

Voilà, j'en ai fini avec madame Johnson, je te promets que j'essayerai de ne plus parler d'elle, je ne veux pas te traumatiser.

Mais à présent, que faire ? Je me suis installé sur le petit puits de la place Sainte-Cassandre. Je sais, je t'ai dit que mon village n'en comptait pas, et c'est vrai. Ce puits est bouché depuis de nombreuses années et quelqu'un y a planté un arbre, il est maintenant grand et assez joli. À part ça, tout est vide, il n'y a pas un chat à la ronde (seulement des oiseaux). T'écrire dans cet environnement est assez plaisant, je dois le reconnaitre. D'immenses maisons et des épiceries entourent la place. Je ne m'y suis pas souvent rendu, car elle est relativement loin de chez moi (de chez mes anciens parents, pour être correct). C'est un endroit paisible. J'aimerais t'y emmener un jour, je suis certain que tu adorerais.

Attends une minute, j'aperçois quelqu'un au loin qui se promène de la grande rue jusqu'à la place, c'est-à-dire jusqu'à moi. Je ne vois que sa silhouette, mais je reconnais cette démarche entre mille, c'est celle d'une brute arrogante.

C'est honteux à avouer, mais j'ai décidé de fuir cet idiot de Sylvain. Je n'ai pas besoin de lui pour le moment, et je n'en aurai peut-être plus besoin du tout, alors autant éviter de le croiser. Je me suis caché dans la deuxième rue, à l'opposé, et me suis abrité derrière une sorte de gros sac en cuir qui dégageait une odeur de fleur. Après quelques minutes, j'ai entendu sa voix s'élever, bien qu'il était seul. Il n'arrêtait pas de prononcer le nom d'Isabella, comme s'il s'entrainait à lui parler, ça m'a donné envie de vomir. J'ai également perçu l'un ou l'autre « stupide Arnold » et n'ai pas compris le reste.

Stupide Sylvain. Oublie le Arnold et concentre-toi sur ta mission.

Tiens, d'ailleurs… ne prévoyait-il pas d'aller voir Isabella ? À l'entendre, on aurait dit.

Pourtant, ce n'est pas là-bas qu'elle habite. Étrange.

Qu'y a-t-il dans cette direction ? Pas grand-chose, à vrai dire. Je crois qu'une boulangerie s'y trouve, mais c'est à peu près tout.

Oh, non… Je sais.

Il y a l'hôpital Saint-Stan.

C'est pas vrai.

Dis-moi que je rêve.

Tout s'embrouille dans ma tête, je comprends mieux ce qui se passe.

Monsieur Mars m'a raconté qu'Isabella rendait visite à Alphonse deux fois par semaine, ce qui m'a déjà surpris à ce moment. J'ai cependant fait confiance à Isabella et me suis dit que mon professeur mentait pour me faire avouer certaines choses (technique classique de Fadet Mars). C'était la seule explication possible, mais à présent, je vois plus clair : il racontait la vérité.

Isabella complote avec Alphonse, c'est pourquoi elle lui rend visite. Et Sylvain est au courant.

Mon monde s'effondre.

C'est une catastrophe.

Je suis définitivement seul, mon unique alliée m'a trahi.

Yves, Robert et le petit me tromperont également, ce n'est qu'une question de temps.

Mais je ne peux pas réclamer d'autres vœux, j'ai absolument besoin de ces enfants.

Comment faire pour qu'ils ne me trahissent pas, eux aussi ?

Par la peur ?

Les menaces ?

Je ne sais plus, mon cœur.

Mon âme sœur…

toi que j'aime du plus profond de mon être… Vas-tu également…

PLUS UN MOT, ARNOLD.

Si en toi je ne peux avoir confiance, c'est simple, c'est la mort qui m'attend.

Tu es mon dernier rempart désormais.

Tu es la dernière ficelle de mon existence.

Je commence à parler comme madame Johnson… c'est grave.

À demain.

22 Mai 1850

Je me suis peut-être affolé pour rien, je m'excuse. Peut-être que ma réaction te semblait démesurée, mais je t'assure que, sur le moment, j'ai cru que l'entièreté de mon existence s'était brisée en mille morceaux. Quand tu commences à te méfier de quelqu'un pour qui tu n'as jamais eu le moindre doute…

Bref, je vais mieux, j'ai pris du recul sur les choses et j'ai décidé d'aller voir par moi-même. J'ai suivi ce gros bêta de Sylvain jusqu'à l'hôpital et je me suis mis à trembler lorsque je l'ai regardé se diriger vers la chambre d'Alphonse. J'aurais pu me dire qu'il accomplissait son devoir et persécutait le traitre jusqu'au bout afin d'être certain qu'il abandonne ses projets, mais je savais qu'il en était autrement. Quand il a pénétré dans la chambre, la voix d'Isabella l'a accueilli, et pour une raison que j'ignore, il a oublié de fermer la porte (sans doute était-il déstabilisé et empli de stress). J'ai pu me planquer à l'extérieur, juste à côté de l'entrée (j'ai dû passer devant leur porte pour me positionner du côté droit, derrière une petite table où j'étais mieux caché). De là, j'ai pu épier leur conversation sans problème, et, heureusement pour moi, personne ne se promenait dans le couloir pour me juger ou me réprimander.

Je vais essayer de recréer leur discussion. J'ai remarqué que j'aimais m'engager dans cette activité. Ça me donne l'impression d'écrire un roman, sauf que ça s'est réellement produit. J'espère que tu me pardonneras si j'oublie des phrases ou si elles ne sont pas entièrement identiques, je ne peux pas exiger tant de ma mémoire.

« Salut, Isabella, a dit Sylvain. Alphie est endormi ? »

J'ai entendu une petite voix baragouiner, sans doute celle d'Alphonse, mais je n'ai pas compris.

« Salut, Sylvain », a répondu mon amie.

C'en est suivi d'un silence pesant qui a duré au moins 17 secondes.

« Euh, Isa, je me disais qu'après, on pourrait, euh, aller manger des cafards ensemble », a proposé Sylvain. « J'aime en manger avec les personnes que je drague, et toi t'es belle, donc je veux en manger avec toi. J'ai préparé une bonne sauce qui les rend savoureux. »

Pardon.

Sylvain n'a jamais dit ça, mais je me suis senti obligé. Je vais arrêter de mentir, sinon tu douteras de toutes les phrases que je rapporte.

Je reprends.

« Tu voudrais qu'on aille se balader, après ? » a proposé Sylvain.

« D'accord, je compte aller chez Yves, tu peux m'accompagner si tu le souhaites. »

(Elle a accepté…)

« C'est un peu loin, je pensais plutôt qu'on pourrait marcher dans la forêt, à côté. »

« Oh, euh, c'est très gentil, mais j'ai vraiment besoin d'aller chez Yves ; ça ne peut pas attendre. »

« D'accord, je vois, je viendrai peut-être avec toi, dans ce cas. »

« Merci, Sylvain. Tu ne l'as toujours pas vu depuis le décès de sa maman ? Il a fort changé depuis, et j'ai peur qu'il se laisse mourir de faim. Quand j'y pense, il ressemble de plus en plus à Alphonse, il a le même regard et... »

Elle s'est interrompue, sans doute parce qu'Alphonse pouvait l'entendre et qu'elle allait dire quelque chose sur lui. Suite à cela, le traitre s'est justement mis à parler, mais si faiblement que j'ai dû me rapprocher pour écouter, et j'ai fait tomber le vase de la petite table derrière laquelle je me cachais. Par chance, j'ai pu le rattraper in extremis, mais ça m'a déconcentré et je n'ai pas pu tout comprendre.

« Tu penses que tu peux te faire tout petit si l'on va chez Yves ? » a-t-elle demandé à Sylvain.

« Bien sûr, je serai comme maintenant. »

« Hmm, je vois bien que tu es calme, mais je ne crois pas que ça sera suffisant. On doit lui laisser de l'espace. »

« D'accord, mais je ne sais pas ce que je peux faire de pl... »

« DÉGAGE, AH, À L'AIDE ! » s'est écrié Alphonse.

« Qu'est-ce que... je n'ai rien fait, j'ai juste voulu m'asseoir sur son lit ! Arrête de crier, Alphie, c'est bon, je ne vais pas te frapper. »

Le traitre continuait à hurler, tout en respirant très fort et très vite à la fois (ai-je vraiment bien entendu, car ça me semble impossible ?)

« Tu devrais t'en aller », suggéra Isabella. « Je suis désolé, Sylvain, mais je pense que tu es encore trop traumatisant pour Alphonse. S'il te plait, laisse-lui du temps, il a beaucoup souffert à cause de toi, et son souhait le hante constamment, ce n'est pas facile. »

« D'accord, d'accord, je m'en vais. Je... je rentre chez moi, on ira se promener un autre jour, si ça... je... à la prochaine. »

J'ai à peine eu le temps de comprendre ce qui se passait que la grosse brute quittait déjà la chambre. Heureusement pour moi, il ne m'a pas vu et s'est dirigé d'un pas lourd directement vers la sortie de l'hôpital. En traversant le couloir, il a fait tomber une petite chaise qui se trouvait devant sur son chemin, d'un air rageur. »

« Calme-toi, Alphonse. Il est parti, nous sommes seuls. Le monde s'est effacé autour de nous, d'accord ? Nous ne sommes que nous deux. »

L'effet fut instantané. Alphonse a cessé de crier et le silence s'est installé dans la pièce.

« Je déteste quand il est là, a avoué le traitre. Je me sens beaucoup mieux lorsque tu es seule. »

« Je sais, lui a répondu Isabella. J'aime bien Sylvain, il a un bon fond, mais je ne sais pas comment lui faire comprendre qu'il doit cesser de venir te voir. Je ne comprends pas pourquoi il agit de cette façon. »

« Tu es idiote, ma chère. Ce n'est pas moi qu'il vient voir, mais toi. C'est à peine s'il me regarde, et c'est tant mieux. Cependant, j'apprécierais que vous vous voyiez ailleurs que dans la chambre où je loge. »

Silence, Isabella n'a pas su quoi dire.

« Comment ça se passe, avec Arnold ? » a demandé Alphonse.

« Je ne l'ai pas croisé depuis un moment », a avoué mon amie. « J'ignore ce qui lui arrive, je suis inquiète. D'après Sylvain, il ne va plus à l'école. J'ai voulu demander à Yves s'il l'avait aperçu hier, mais il n'était pas très bien et n'a pas prononcé un mot. J'espère qu'il ira mieux aujourd'hui. Arnold poursuit ses plans, je suppose, et j'en suis même certaine, je le connais. Mais je n'en sais pas plus que toi. Il fait constamment tout, tout seul. »

Comment ça, je fonctionne seul ? Elle fait partie de ma bande, et je lui ai toujours tout raconté. Bon, je lui ai effectivement épargné certains détails, mais c'est parce qu'elle est trop sensible et prenait ça bien trop à cœur, c'est tout. Mais je lui ai généralement tout dit, non ?

« Tu crois qu'il pourrait avoir commis une bêtise ? » a demandé Alphonse (qui parlait bien plus fort depuis que Sylvain était parti).

« Je ne sais pas, il est parfois un peu borné. Il pourrait faire quelque chose d'insensé sans réfléchir aux conséquences, et ça me fait peur. »

(Inutile de dire que je l'ai mal pris.)

« Tu as peur, mais envisages-tu réellement qu'il pourrait agir ainsi ? »

« Je ne sais pas. »

« De mon côté, a continué Alphonse, je pense qu'Arnold n'a pas de mauvaises intentions, il cherche juste à poursuivre son objectif, mais n'en abusera pas une fois qu'il l'aura obtenu. Comme beaucoup, il a bon fond. Son seul défaut est d'être trop ambitieux. »

Je te promets qu'il a dit ceci. Je n'ai rien déformé. Ça m'a paru étonnant de sa part, mais je ne m'en plains pas.

« Tu as sans doute raison », a répondu Isabella.

« Pourtant, tu n'as pas l'air de me croire. »

« Bien sûr que si, mais j'ai peur pour lui. J'ai peur qu'il creuse sa propre tombe, qu'il s'isole dans ses convictions et se blesse lui-même, j'aimerais l'aider. »

« Tu ne peux pas sans cesse t'occuper de tout le monde, Isabella. Tu dois garder ça en tête, sinon tu finiras par te détruire toi-même, exactement comme Arnold. »

La voix d'Isabella s'est légèrement brisée :

« Il a besoin de moi, mais je suis incapable de comprendre comment il fonctionne et quelle aide je peux lui apporter. Ça, ajouté au fait que personne ne l'a plus vu depuis quelques jours… Je m'inquiète tellement. »

« Je comprends parfaitement ce que tu veux dire, je sais ce que c'est que d'être préoccupé par quelqu'un. »

« Tu parles d'Andy ? »

« En partie, mais je pensais surtout à tous ces enfants, partout dans le monde. Des centaines de milliers, voire plus, de personnes souffrent comme nous n'avons jamais souffert dans notre vie. Je ne les connais pas, mais leur sort me fait peur. Depuis que j'ai fait mon souhait, je peux sentir comme de petites boules tout autour de moi. Chaque boule représente une âme, et, tous les jours, des centaines d'entre elles s'épuisent jusqu'à totalement s'éteindre. Comment savoir ce qui leur est arrivé ? Forcément, je pense au pire, et ça me fait beaucoup de mal. »

J'ai entendu des sanglots de la part d'Isabella au moment où Alphonse a dit cela. Quel idiot, il sait qu'elle est sensible et qu'elle doit être préservée de ce genre de détail !

« En plus de celles qui s'éteignent, de nouvelles s'allument constamment », a-t-il continué. « C'est terrifiant, j'aimerais ne plus jamais ressentir cela. Je veux épauler tous ces enfants, mais je ne peux pas. »

Il a attendu un moment avant de poursuivre :

« Un jour, on pourra tous les aider, Isabella. Cesse de pleurer, leur enfer est bientôt terminé. »

« Autant de malheur ne devrait pas exister », s'est-elle plainte.

« Tu as raison. »

Isabella s'est mouchée, et je soupçonne Alphonse d'en avoir fait de même. Après cela, ils ont changé de sujet (dommage, je voulais qu'ils développent leurs pensées). Isabella a demandé à Alphonse comment se portait Andy, et il lui a appris qu'il se donnait à fond pour dénicher les enfants qu'il lui indiquait. Il affirme qu'ils en auraient déjà trouvé un, mais ils doivent attendre un Laby.

Je priais mentalement pour qu'Isabella lui demande s'il était au courant d'une date et d'un lieu pour une apparition de Laby, mais elle n'a pas entendu ma requête intérieure, dommage.

À la place, elle a dit à Alphonse qu'elle n'allait pas tarder à s'en aller, car il devrait se reposer. Alors, je me suis empressé de quitter l'hôpital avant qu'elle ne me voie.

Et j'ai eu une idée. J'allais attendre sur le muret du vieux puits où il y a un arbre, comme plus tôt dans la journée. Elle devrait assurément passer par là pour se rendre chez elle. À ce moment-là, je pourrai lui parler.

J'ai couru jusqu'à l'arbre, parce que je sais qu'elle marche bien plus vite que moi, et je ne voulais pas qu'elle me rattrape sur le chemin. Et j'ai eu raison de le faire, car, à peine cinq minutes après que je me sois assis, elle est apparue depuis la rue d'en face.

Pardonne-moi, mon âme sœur, mais je ne suis pas certain de pouvoir reconstituer notre conversation comme tout à l'heure. Je remarque que, lorsque je suis impliqué, et pas seulement spectateur, j'ai bien plus de mal à retenir nos échanges.

Quoi qu'il en soit, elle paraissait enchantée lorsqu'elle m'a aperçu sur le muret. Elle a frotté ses yeux et s'est mise à courir jusqu'à moi. Je me suis levé et j'ai à peine eu le temps d'épousseter mon pantalon qu'elle m'a sauté dans les bras.

Elle était soulagée que je sois encore en vie, et m'a demandé de lui raconter tout ce qui s'était passé depuis la dernière fois qu'on s'est vu.

Je lui ai tout dit, tout. J'ai évoqué mon exclusion (à peu près volontaire) de l'école et de la maison, de Robert, du Petit et de ma difficulté à lui faire parler, etc.

Elle avait l'air inquiète pour la sécurité du Petit, ce que je peux comprendre. Pour ce qui est de Robert, elle a posé l'une ou l'autre question, mais ne s'y est pas attardée.

J'étais sur le point de lui réclamer son aide pour faire parler le Petit, mais je n'ai même pas eu le temps. Elle m'a pris par le poignet et m'a trainé jusqu'à l'autre rue, celle qui nous ramenait vers l'école.

Elle m'a tenu ainsi un moment avant que je ne lui demande de me lâcher. Elle s'est excusée et a laissé retomber mon bras.

« Allons voir ce Petit, a-t-elle dit. » (Ça, je m'en souviens.)

Elle marchait encore plus vite que d'habitude, si bien que j'ai eu du mal à la suivre. J'ai voulu lui dire qu'il était tard et qu'on n'aurait peut-être pas le temps, mais elle ne m'a pas écouté et a pressé le pas.

Bon sang, courir n'était même pas suffisant, elle maintenait toujours une avance. Et ça a duré ainsi jusque chez Yves.

J'ai mis un certain temps pour la rejoindre chez Yves, où je savais qu'elle allait s'arrêter.

Je l'ai retrouvée les genoux à terre devant le petit garçon, endormi sur le canapé de sa défunte mère. J'ai d'abord cru qu'il était décédé, mais il émettait une drôle de respiration qui aurait pu s'entendre à des kilomètres à la ronde, comme s'il avait toutes sortes de minuscules saletés dans la gorge.

« Il va très mal », m'a-t-elle dit.

Je n'ai pas su quoi répondre, alors j'ai simplement dit « oui ».

Elle m'a demandé de lui apporter du pain qui se trouvait dans la cuisine. Je voulais lui dire qu'on manquait déjà de temps, et qu'on devait partir maintenant pour pouvoir nous rendre chez le Petit, mais je me suis tu. Je me suis contenté d'obéir à ses instructions.

Une fois dans la cuisine, j'ai remarqué que tout était vide. Le seau d'eau était asséché et de la farine gisait par terre.

Je suis retourné près d'Isabella pour l'informer que je n'ai pas trouvé de pain, et elle est allée voir par elle-même. Je suis resté aux côtés du petit Yves et j'ai cherché son pouls (j'ignore pourquoi, mais ça me paraissait la chose à faire). Avant qu'un cri en provenance de la cuisine me fasse réagir au quart de tour. J'ai couru (et suis tombé…) jusqu'à Isabella et l'ai retrouvée en plein milieu de la pièce. Elle semblait perdue.

« Plus rien, a-t-elle marmonné. Il y avait assez de pain et de farine pour plusieurs jours, il en restait encore lundi. Quelqu'un les a volés. C'est injuste, c'est déjà tellement difficile pour lui après le décès de sa maman, il n'a pas besoin que des pillards lui prennent sa seule nourriture. »

« Calme-toi, Isabella », lui ai-je dit.

« Non, c'est injuste. C'EST INJUSTE. Pourquoi faire ça, POURQUOI ? »

« Les gens ont faim, par ici, c'est compréhensible. »

« Tais-toi, Arnold, je t'en supplie, plus un mot. »

(Cette conversation m'a marqué, j'entends encore la voix de mon amie s'étouffer sur ses dernières syllabes.)

Je n'ai même pas eu le temps de la retenir qu'elle s'est retournée vers Yves.

Je l'ai suivi et lui ai demandé si ça allait. Elle m'a répondu qu'on se rendrait chez le Petit un autre jour, que, pour le moment elle devait s'occuper de Yves et lui chercher à manger. Je lui ai expliqué calmement que ce n'était pas son rôle, mais elle a refusé d'écouter.

« Tu fais ce que tu veux, m'a-t-elle dit. Tu peux rester auprès de lui et m'aider à lui apporter un sac de farine, ou partir ailleurs, mais moi, je n'ai pas le temps d'aller voir le Petit aujourd'hui. »

Et elle est sortie.

J'ai demeuré ainsi pendant de nombreuses minutes, à essayer de comprendre où elle allait, combien de temps ça lui prendrait, pourquoi elle agissait de cette façon, etc. Puis je me suis rendu chez Robert.

J'aurais peut-être dû attendre le retour d'Isabella, mais elle m'en aurait sans doute voulu d'être resté sans l'avoir soutenue.

Non, mais, de qui je me moque, bien sûr, ce n'est pas la raison pour laquelle je suis parti. J'avais faim et je me demandais si Robert avait encore du lait ou autre chose pour moi. J'ai honte, après coup. Je me sens un peu mal d'avoir abandonné mon amie, et de l'avoir laissée aider Yves toute seule. Je ne pensais pas qu'elle ferait tout un fromage pour que cet enfant ait de quoi manger. Si ça la préoccupe tant que ça, je devrais peut-être emmener Yves chez Robert.

Quoique, il lui fera sans doute travailler à la ferme pour obtenir de quoi se mettre sous la dent, et je me demande s'il en aura la force ni même l'envie. Je ne sais pas comment agir ; manifestement, si je veux aider Isabella, je dois avant tout aider Yves.

Rhooo, c'est trop de boulot. Ça va m'éloigner de mon objectif, de te retrouver.

J'ai l'impression que je me suis déjà posé cette question…

Je tourne en rond.

Je dois agir.

Aider Isabella une bonne fois pour toutes, ou te retrouver une bonne fois pour toutes.

Mais je n'en peux plus d'attendre.

Dès demain, je vais trouver Isabella, et la sommer de venir parler au Petit. Si elle n'a pas le temps à cause d'Yves… Eh bien, j'improviserai, mais elle rencontrera le Petit.

23 Mai 1850

Pourquoi ai-je la sensation que rien ne progresse ? Pourtant, j'ai rencontré Robert et il a fait son souhait pour moi, et il m'a montré le deuxième enfant en souffrance, et j'ai une idée pour lui faire parler.

Alors pourquoi ai-je l'impression d'avancer au ralenti ?

Je ne sais pas, mais je continuerai à mettre des choses en place, tout simplement. Je n'oublie pas mon objectif, et, si je dois prendre des années pour y parvenir, je n'hésiterai pas.

Ce matin, en me réveillant dans la grange du petit fermier, je me suis empressé d'exécuter les mêmes tâches que l'autre jour. J'ai terminé avant que Robert ne vienne commencer sa journée (pourtant, il se lève tôt). Lorsqu'il est arrivé, la quantité de travail que j'avais déjà accompli l'a bluffé. Il nous a ensuite fallu à peine deux heures pour achever le reste.

Je dois dire que j'étais fier de moi. Il n'était même pas midi lorsque nous avons eu fini. Robert m'a donné du pain extrêmement concentré et rassasiant et nous avons pu réfléchir à un plan. Je lui ai communiqué l'adresse d'Yves et lui ai demandé d'y déposer un mot écrit par mes soins pour Isabella. J'y ai dessiné la carte de la ville et j'ai souligné l'emplacement de la maison du Petit, afin qu'elle sache où aller. Robert a accepté de s'y rendre (j'ai gardé un morceau de mon pain pour qu'il le tende à Yves, je n'ai plus faim de toute façon) et il pense être de retour assez rapidement. Je sais que j'aurais pu m'y rendre moi-même, mais j'avais envie d'avoir un peu de temps seul pour écrire dans mon journal. Et surtout, j'aimerais que les choses avancent à grands pas. Alors j'ai décidé d'aller voir le troisième enfant pendant que Robert serait chez Yves.

Je me demande à quoi il ou elle ressemblera, et s'il ou elle acceptera de rejoindre notre groupe. C'est vraiment super important que cet enfant soit coopératif avec nous, pour que mon plan puisse fonctionner avec une quasi-certitude. Ça sera à moi de me montrer persuasif, mais je suis assez confiant.

Allez, je te retrouve tout à l'heure. J'espère le trouver rapidement.

Nous sommes le soir, et il s'est passé plein de choses intéressantes. Par où débuter…

En premier lieu, sache que je suis parti dans la mauvaise direction. Je sais, c'est ridicule, mais la carte que m'a dessinée Yves commence à être endommagée (je crois que je l'ai laissée tomber dans de la bouse de vache). On a de la difficulté à la déchiffrer à présent. Quand je me suis rendu compte de mon erreur, j'ai modifié ma trajectoire et j'ai pu me retrouver assez vite sur le bon chemin. C'était particulièrement proche de la maison du Petit ; à peine quelques rues plus loin (sans compter l'immense prairie qui entoure la famille nombreuse, ce qui leur donne cet aspect isolé). Lorsque je suis arrivé devant l'emplacement sur ma carte, j'ai levé le regard et me suis demandé si je ne m'étais pas trompé d'endroit. Je me trouvais face à une minuscule bâtisse, celle d'un cordonnier local.

Quand je suis entré, une femme au dos vouté, qui était sale et sentait vraiment mauvais, m'a accueilli. Elle avait du mal à tenir en place et ses mains tremblaient comme une personne âgée, alors qu'elle ne devait pas avoir plus de trente-cinq ans. Elle m'a souhaité la bienvenue et m'a demandé si je voulais qu'elle répare mes chaussures. Je lui ai dit que ce n'était pas la peine et je suis tout de suite rentré dans le vif du sujet.

« Y a-t-il un enfant, ici ? »

Elle a fait un pas en arrière.

« Non, jeune homme. Je travaille seule depuis que mon père est décédé, l'an dernier. »

« Toutes mes condoléances, ça doit être très dur d'accomplir un tel travail lorsqu'on est une femme. »

Loin de moi l'idée de l'offusquer, mais elle semble l'avoir mal pris.

« J'arrive parfaitement à tenir la boutique, les chaussures me passionnent. »

J'ai bien vu qu'elle mentait, mais je n'ai pas insisté, de peur de vexer davantage son égo. Cela dit, je dois reconnaitre qu'elle ne manque pas de détermination. De mon côté, je serais incapable d'exercer un métier pareil.

Nous avons quelque peu parlé de la routine, de la clientèle, et d'autres détails fort intéressants sur la vie dans cette ville. La pauvre n'a pas beaucoup de gens qui viennent réparer leurs chaussures, il faut dire que son atelier est terriblement mal situé.

Pendant notre conversation, j'ai remarqué que le tissu qui séparait deux pièces se mettait à bouger et j'ai pu voir dans l'obscurité deux petites billes blanches me regarder avec attention.

« Bonjour, ai-je fait. »

Puis le drap est retombé, dissimulant l'interstice de la porte.

« Joseph ! s'est écriée la dame. Je t'ai demandé de rester caché. »

J'ai tout de suite saisi l'occasion. Je lui ai dit que je savais depuis le début pour l'existence de Joseph, et que c'était pour cela que j'étais venu : pour le rencontrer.

Là-dessus, elle s'est levée (nous nous étions assis pour discuter) et m'a hurlé de partir, qu'elle ne me laisserait pas toucher à un seul cheveu de son fils.

« Je ne veux aucun mal à votre enfant, bien au contraire. »

« Menteur, m'a-t-elle crié au visage. Tout le monde lui veut toujours du mal, c'en est assez ! »

Je n'ai même pas eu le temps de lui expliquer quoi que ce soit. Elle m'a poussé jusqu'à la sortie en m'ordonnant de ne plus jamais remettre les pieds ici, sinon c'est avec une arme tranchante qu'elle m'accueillerait.

Elle a ensuite claqué la porte et l'a verrouillée.

Je me suis alors empressé de faire le tour de l'atelier, pour me rendre du côté où l'enfant devait se trouver. J'ai aperçu une modeste fenêtre avec un tissu qui m'empêchait de voir à l'intérieur, du moins en partie. À peine ai-je eu le temps de regarder à travers qu'une petite main noire a refermé le drap comme des rideaux. J'étais bien tenté de frapper à la fenêtre pour attirer son attention, mais j'avais peur que la dame m'entende également. Alors, je me suis dit qu'il valait

mieux pour moi de rentrer chez Robert, de toute façon, il devait sans doute déjà
être à la ferme.

Avec un peu de chance, il connaissait peut-être ce cordonnier.

Et me voilà. Seul chez le petit fermier, en attendant son retour (finalement, je
suis arrivé avant lui).

Je suis content d'avoir eu le temps de t'écrire tout ça avant qu'il ne revienne.
Si tu me le permets, je vais me reposer sur de la paille pendant ce temps. À tout
à l'heure.

Robert n'est pas revenu seul, Isabella l'accompagnait. Si je m'attendais à cela !
La pauvre ne se portait pas très bien. Elle ne débordait pas de joie de vivre
comme d'habitude et semblait épuisée. Ce n'est pas étonnant : elle a fait tout un
aller-retour jusqu'à notre village pour apporter de la farine à Yves, hier. Qu'est-
ce qui lui est passé par la tête ? Elle a mis près de trois heures, voire plus, à
exécuter cette opération.

En l'apercevant, j'ai eu peur que son énergie soit insuffisante pour aller voir
le Petit, mais c'est elle qui a d'emblée suggéré qu'on y aille et qu'on discute sur le
chemin. J'étais bien tenté de la raisonner, et de lui proposer de dormir quelques
heures avant de s'y mettre, mais je ne te cache pas que j'ai envie que les choses
avancent vite... Et puis, si elle est trop fatiguée, je ne l'empêcherai jamais de se
reposer.

Elle est toujours dévouée à ma cause, même si elle pense que je suis têtu et
individualiste (je l'ai encore au travers de la gorge). Je me demande comment j'ai
pu me méfier d'elle, mais c'est plus fort que moi. Je sens que je vais de nouveau
douter, puis m'en vouloir pour cela, et douter à nouveau. J'aimerais pouvoir
adopter une décision définitive sur ma confiance envers les gens, je serais bien
plus serein, mais je n'y parviens pas.

Je m'égare, revenons-en à l'essentiel. Nous avons aussitôt pris la route après
leur venue, et j'ai remarqué qu'Isabella ne marchait pas aussi vite qu'à son
habitude (bon sang, que ça faisait du bien). Nous sommes arrivés chez le Petit
à... euh... je ne sais plus à quelle heure. Nous avons retrouvé son père en train de
donner des coups avec un marteau sur une bûche avec son plus grand fils. C'est
un jeu, d'après Robert, où le premier qui parvient à enfoncer entièrement le clou
a gagné. Je trouve ça idiot.

Quand il nous a vus, il a laissé tomber le marteau par terre et une de ses filles
(au crâne rasé, que c'est laid) s'est empressée de le ramasser et de poursuivre un
de ses frères avec. Le père du Petit est venu jusqu'à nous pour nous saluer.

« Ça commence à en faire, des amis, gamin », a-t-il dit à Robert.

« Sais bien, n'en ramènerai plus après. »

« J'espère bien, le Petit est avec sa mère, sinon y'a quatorze gosses pleins
d'énergie qui ne demandent qu'à jouer, là. »

Sur ces mots, il est reparti près de son plus vieux fils avant de crier « Qui a
encore pris mon marteau ? »

Nous avons traversé le jardin, enjambé deux garçons qui se battaient et
pénétré dans la mini maison. Là, nous y avons trouvé le Petit, accroché aux

jambes de sa maman qui nettoyait je ne sais quelle substance sur le mur (soit de la soupe, soit du vomi).

« Bonjour », ai-je dit.

« Oh ! Bonjour, les enfants, vous avez amené une copine à vous. »

Isabella s'est présentée à voix basse, j'ai senti qu'elle n'était pas à l'aise dans cet environnement, et je ne peux pas lui en vouloir, c'est également mon cas. Nous avons dit que nous aimerions jouer à nouveau avec le Petit. Isabella faisait une grimace presque imperceptible chaque fois que quelqu'un l'appelait ainsi. Sa mère a secoué une bonne dizaine de fois sa jambe pour extirper son fils de son étreinte.

Robert a pris le Petit par la main et l'a entrainé dehors, suivi de près par nous. Nous avons fait le chemin jusqu'au même endroit que la dernière fois et Isabella m'a confié qu'elle ne s'y sentait pas très bien. Je ne vois pas trop pourquoi, donc je lui ai demandé la raison, mais elle s'est contentée de dire qu'elle ressentait une mauvaise ambiance, comme si le lieu était chargé de tristesse. (Je ne comprends jamais quand elle dit ce genre de choses, alors je n'insiste pas davantage.)

Nous avons pris place au bord du lac et Robert y a même plongé ses pieds dans l'eau (d'accord, il faisait chaud, mais pas à ce point, si ?). Nous avons un peu parlé entre nous de la vie à la ferme. J'ai expliqué à Isabella ce que j'avais fait pour aider Robert (se vanter de temps en temps n'est pas si mal), mais elle n'avait pas l'air intéressée.

Oh, j'ai oublié de te dire ; mais le Petit s'est assis instinctivement à côté d'Isabella, ce qui est bon signe, et était même assez proche d'elle. Il faut croire que la gent féminine le rassure, il fallait voir comme il était accroché aux jambes de sa maman.

Du coup, pour en revenir à mes propos initiaux, Isabella ne m'écoutait pas vraiment. Elle préférait regarder le Petit avec un œil maternel (je te garantis que j'ai pu saisir ce côté-là, dans ses pupilles). J'ai dès lors chuchoté à son oreille qu'on pouvait commencer à lui parler pour essayer de lui faire ouvrir la bouche, et elle m'a dit que, pour ça, elle avait besoin d'être seule avec lui. J'ai alors proposé à Robert d'aller jouer sur le parcours d'obstacle, un peu plus loin. Il a accepté avec joie (je ne comprends toujours pas comment le fermier peut être en souffrance, il a l'air tellement heureux).

Pendant notre partie, je ne pouvais m'empêcher de jeter un œil à mon amie et le Petit. Je pouvais voir Isabella lui parler, poser sa main sur son épaule, etc. Elle était très douce avec lui, exactement ce qu'il avait besoin. Au bout d'un moment, ils se sont levés et sont venus près de nous.

« Voilà, a dit Isabella au Petit, Arnold te dira ce qu'il faut que tu fasses, tu veux bien l'écouter ? »

« Pas la peine, ai-je répondu. Je lui ai déjà tout expliqué la dernière fois. »

L'enfant a mis ses doigts devant sa bouche et a fixé le sol intensément.

« En fait, il n'a pas écouté quand tu lui parlais l'autre jour », m'a précisé Isabella. « Mais ce n'est pas grave, tu peux lui dire à nouveau maintenant, n'est-ce pas, Arnold ? »

« Bien sûr, ai-je répondu. »

Et j'ai tout réexpliqué. J'ai bien vu qu'il était attentif à mon récit, même si son regard n'a pas croisé le mien une seule fois. Isabella aussi avait l'air accrochée à mes lèvres. Évidemment, je lui avais déjà tout raconté, mais elle semblait le découvrir de nouveau. J'ai compris qu'elle savait que j'étais proche, et que le souhait du Petit serait peut-être le dernier avant la richesse (richesse en matière de vœux, bien entendu).

Et voilà, bien qu'il n'ait pas dit le moindre mot, je crois qu'il m'a écouté, et Isabella m'a garanti qu'il sait parler et qu'elle a pu entendre sa voix. Elle lui a expliqué qu'il devrait s'adresser aux Laby de vive voix également. Il a acquiescé.

D'après Isabella, il en est capable, mais il pourrait se renfrogner à la vue de cette immonde créature, mais qu'elle accepte de lui tenir la main quand il en rencontrera un. Prions seulement pour qu'il n'arrive pas subitement sans qu'elle soit là pour soutenir le Petit.

On doit absolument trouver un point de rendez-vous, de préférence isolé. Si trop de monde est présent, le Petit voudra se cacher et perdra à nouveau l'usage de la parole (rien que la présence de Robert ou de moi le rend muet, alors imagine avec des inconnus).

J'espère qu'un Laby viendra rapidement proche de chez lui, je n'en peux plus de vivre à la ferme. Je n'y ai travaillé que deux jours et j'ai déjà mal partout.

Voilà, c'est tout pour aujourd'hui. Nous avons raccompagné le Petit jusqu'à sa maison et nous sommes retournés à la ferme. Isabella était tellement fatiguée qu'elle s'est assoupie là où je sommeille habituellement, sur le tas de paille le plus volumineux de la grange. Je l'ai réveillée pour lui dire que, si elle ne rentrait pas, elle risquait de manquer l'école le lendemain, mais elle était bien trop endormie pour bouger.

Et me voilà. En ce moment, Robert a quitté la grange et Isabella s'agite à côté de moi (peut-être fait-elle des cauchemars). Je dois dire que je suis exténué également, alors je ne vais pas tarder à te laisser, mon âme sœur.

Le vœu du Petit pourrait très bien ne pas fonctionner. Seul l'avenir nous le dira.

Mais une chose est sûre : il réclamera la création de deux nouveaux Laby.

24 Mai 1850

Robert est venu nous réveiller de bonne heure, ce matin. Ça m'a surpris de voir qu'Isabella se trouvait encore à côté de moi. Ça voulait dire qu'elle allait manquer un jour d'école, ou arriver en retard. C'est impensable de sa part…

Mais c'est ce qui s'est produit. D'après elle, les cours étaient annulés jusqu'à la semaine prochaine, mais je sais qu'elle ne m'a pas dit la vérité (elle est incapable de mentir sans que ça s'aperçoive sur son visage). Alors, elle m'a dit qu'elle allait nous aider à la ferme, et qu'elle me suivrait dans mes plans de la journée.

Mes plans de la journée…

À vrai dire, je n'ai pas encore établi mon plan de la journée. (J'ai tellement écrit « plan de la journée » que j'ai l'impression que ça ne veut plus rien dire.)

Plans de la journée.

Bref, je dois admettre que je ne sais pas trop quelle action entreprendre. D'habitude, j'ai une idée et je la suis, mais là, je t'avoue que je n'ai pas le moindre programme en tête. Peut-être devrais-je prendre une journée pour moi ? Non, je n'en peux plus d'attendre. Peut-être dois-je retourner chez le Petit ? Non plus, pas avant d'être au courant de la date où le prochain Laby apparaitra.

Je pourrais aller voir le troisième enfant.

C'est peut-être ce à quoi tu as pensé ? C'est logique, c'est l'étape suivante. Mais je t'avoue que je risque de ne pas être très bien accueilli, après ce qu'il s'est produit la dernière fois, et je songeais à renoncer à son aide. Si tout se passe bien, je n'aurai plus besoin que du Petit pour obtenir des vœux à l'infini. Pourquoi devrais-je m'embêter à convaincre une cinglée de me laisser parler à son enfant qu'elle protège bien trop ? C'est une perte de temps et d'énergie.

Mais d'un autre côté, si le souhait du Petit était insuffisant, je serais bien content d'avoir cet enfant dans mon équipe. Et puis, tant qu'on ne sait pas où sera le prochain Laby, on n'a rien d'autre à faire, alors autant tester.

Bref, j'essaye d'explorer toutes les possibilités, et de partir sur la meilleure. Je vais en discuter avec Isabella, tiens.

Je n'aurais peut-être pas dû lui en parler, j'ai agi sans réfléchir. Elle veut à tout prix s'y rendre, à présent. Elle n'a même pas cherché à comprendre si c'était une bonne idée ou non pour réussir notre plan. J'ai à peine dit qu'on pouvait trouver un autre enfant qu'elle m'a répondu « On y va ».

Alors… on y va. Mes deux camarades mangeaient pendant que j'écrivais ces lignes, mais ils ont fini désormais. Nous avons du temps devant nous et Isabella souhaite à tout prix y aller. Je te retrouve à la nuit tombée.

Ma chère âme sœur, nous sommes le soir, à présent.

Quand nous sommes partis, je leur ai brièvement expliqué la situation : une vieille femme très en colère cache un enfant dans son atelier pour le préserver des méchantes personnes qui lui veulent du mal.

Je me suis contenté de leur raconter ça. J'avais envie de tout leur dire, dans les détails, comme l'état des lieux, la raison pour laquelle les gens en veulent à cet enfant, etc. Mais ils finiraient bien par s'en rendre compte par eux-mêmes.

Une fois devant l'atelier de cordonnerie, j'ai proposé à Isabella d'entrer et de discuter avec la folle qui m'a donné des coups de pied hier. Elle est la plus à même d'attirer sa sympathie.

Pendant ce temps, Robert et moi irions de l'autre côté de l'atelier, proche de la fenêtre, pour faire connaissance avec l'enfant. Isabella n'était pas tout à fait d'accord avec ce plan. Elle affirme qu'il valait mieux qu'elle rencontre le petit avant nous, car il pouvait être apeuré. Robert a alors proposé de distraire lui-même la gérante de l'atelier, mais j'ai refusé. Pour moi, il n'y a pas de doute : seule Isabella peut lui parler sans craindre de recevoir un outil dans la figure. (Cela dit, j'ai bien réussi hier, mais tout a dérapé quand j'ai évoqué l'enfant. En tout cas, je pense qu'Isabella peut s'en tirer.)

Nous nous sommes donc séparés en deux. Une fois qu'on a entendu deux voix féminines à l'intérieur, on savait que la voie était libre, alors nous avons frappé à la petite fenêtre de l'arrière-boutique. Le rideau s'est légèrement écarté, avant de se refermer dans la foulée.

« Psst », ai-je fait. « Tu peux ouvrir la fenêtre ? »

« Maman m'interdit de parler aux étrangers. »

« Je ne suis pas un étranger, j'habite proche d'ici », ai-je continué. « C'est moi qui suis venu hier, tu te souviens ? Ta maman m'a chassé, mais je ne suis pas là pour vous nuire, ta mère et toi, j'aimerais juste t'aider. »

« Maman dit que personne ne veut m'aider, que les gens qui disent ça me veulent du mal. »

Mince, elle avait décidément tout prévu, la folle. D'ailleurs, je ne devrais peut-être pas l'appeler ainsi. Elle est peut-être plus sensée que je ne le crois.

« Tu peux au moins retirer ce drap ? » ai-je demandé. « Comme ça, tu pourras nous voir, et tu remarqueras à notre tête que nous ne sommes pas méchants, je te le promets. »

Après quelques secondes de silence, le tissu qui recouvrait la fenêtre est tombé, et on s'est retrouvés face à un petit enfant qui ne semblait pas souffrir physiquement. Il était plutôt beau et bien portant pour son âge, et ne présentait aucune trace de blessures, contrairement au Petit ou même à Yves.

« Oh, s'est écrié Robert. On dirait qu'il a trempé dans l'charbon, c'ui là. C'est la première fois qu'j'vois ça. »

Mon observation de l'autre jour était donc exacte. Je me demandais si une quelconque ombre avait pu obscurcir sa main, mais le petit garçon arborait bel et bien un teint sombre. Contrairement à Robert, j'en avais déjà aperçu auparavant…

Quand j'étais enfant, on avait chassé une femme noire de notre village, je m'en souviens encore. Nous étions en déplacement avec la classe pour analyser des champignons au moment où nous l'avons vue. Trois hommes que je connaissais bien lui criaient de ne plus jamais revenir, et l'un d'entre eux la repoussait même davantage chaque fois qu'elle s'approchait. Elle suppliait ces messieurs de lui donner un travail, mais ils lui ont lâché qu'il n'y avait pas de boulot pour les gens comme elle. Alors, elle est partie. Monsieur Mars n'a pas fait le moindre commentaire, et s'est contenté de nous expliquer que les champignons poussaient principalement dans la forêt, et que c'était pour ça qu'on allait aussi loin.

Quand je suis rentré chez moi, j'ai tout raconté à mes parents. Mon père était fier de ces trois hommes, et m'a dit qu'il leur payerait une bonne bière. Selon lui, les gens qui ne sont pas blancs ne devraient pas se mélanger avec nous. Je n'ai pas trop compris pourquoi, mais je n'ai pas osé demander la raison.

Immédiatement après, il est sorti de la maison en disant qu'il n'en aurait pas pour longtemps, juste le temps de boire avec ses amis. Ma mère m'a ensuite ordonné d'oublier tout le discours de mon père. Certes, il avait raison sur beaucoup de choses, mais lorsqu'il parlait des gens de couleur, il fallait ignorer ses propos. Je lui ai demandé pourquoi, et elle m'a simplement fait jurer de toujours acquiescer à ce qu'il disait, mais de penser le contraire au fond de moi.

Aujourd'hui encore, je suis perdu. Quand je vois cet enfant, je ne peux pas imaginer qu'il puisse être dangereux ou qu'il ait d'autres traits que mon père leur prête. Et puis, de toute façon, j'ai besoin de son aide, alors je ne vais pas faire la fine bouche. Dans tous les cas, j'ai toujours préféré ma mère, donc c'est elle que j'ai décidé d'écouter, aujourd'hui.

Quand il nous a aperçus, il m'a semblé nerveux. Il s'est reculé de deux pas et nous a demandé ce que nous lui voulions.

« Simplement, discuter, pour le moment, ça te dit ? » lui ai-je proposé.

« D'accord. »

« Nous savons que la vie n'est pas facile pour toi. Nous voulons t'aider à la rendre meilleure, mais pour ça, nous avons besoin de toi. »

Il a à nouveau reculé d'un bon mètre. Je ne suis pas doué pour parler aux enfants, même quand j'essaye de faire de mon mieux.

Ensuite, je ne me rappelle plus très bien de mes propos, car ils sont venus si spontanément que c'est presque comme si je ne vivais pas moi-même la scène. Je me souviens toutefois que le petit garçon est parti en courant vers le centre de l'atelier, où se situaient sa mère et Isabella. J'ai dû lui faire peur, il faut croire.

Je l'ai entendu dire « Maman, maman, il y a deux messieurs ».

Une seconde plus tard, la folle se trouvait de l'autre côté de la fenêtre, en face de nous, et nous hurlait dessus à travers le fin mur qui nous séparait. J'ai bien essayé de lui dire que je ne faisais rien de mal et que je n'avais rien contre son enfant. (Maintenant que j'y pense, ça ne peut pas être son véritable enfant, vu la différence de couleur ?) Mais elle se contentait de crier « Encore toi ! », « Je savais que tu étais un voyou, laisse mon fils tranquille » ou « Cette fois, je vais te tuer ».

Je n'ai toujours pas compris pourquoi elle nous hurlait dessus à travers la fenêtre au lieu de venir nous étriper en vrai, mais je ne me suis pas plaint. Après environ cinq minutes (tu ne peux pas savoir à quel point elles paraissent longues, quand on se fait crier dessus), elle a réalisé que son garçon était encore dans l'atelier, en compagnie d'Isabella. Elle a alors fait volte-face et est repartie plus vite que les battements d'ailes d'un colibri. D'instinct, nous avons contourné l'atelier avec Robert et sommes entrés par la porte principale.

« Ne touchez pas à mon fils », a-t-elle hurlé à Isabella.

« Je ne lui fais rien », a-t-elle rétorqué.

J'ai pu voir que le petit garçon donnait la main à mon amie, ce qui était bon signe. Décidément, elle possède vraiment un super pouvoir de communication avec les enfants. Alors que moi, je leur fais peur...

« Allez-vous-en, vous deux ! Je ne veux pas de vous ici. »

J'étais bien tenté de lui expliquer que nous étions amis avec Isabella, mais j'ai craint que cela discrédite mon amie plutôt que nous créditer (j'ignore si ça se dit). Par conséquent, nous avons obéi et sommes sortis.

Plusieurs minutes plus tard, Isabella est arrivée, seule. Nous lui avons demandé ce qui s'était passé et elle nous a répondu qu'elle y retournerait le lendemain, pour discuter plus longuement avec Marie-Claire (c'était le nom de la folle, j'ai supposé). D'après elle, Marie-Claire est d'accord pour qu'elles fassent plus ample connaissance, Isabella et elle, mais ne veut plus jamais me voir moi, ainsi que Robert.

Bon, bah, au moins, on peut dire que les choses avancent, non ? Isabella m'a garanti qu'elle mettrait tout en œuvre pour rallier ce petit garçon à notre cause le plus rapidement possible. Elle est même certaine qu'elle y arrivera. D'après elle, Marie-Claire est d'une grande gentillesse et elles partagent des intérêts et valeurs en commun. Elle pense qu'elles pourraient devenir amies avec le temps.

J'ai posé plein de questions sur le déroulement de la conversation qu'elle avait eue lorsque nous étions à l'extérieur. Cependant, ce n'est pas assez attrayant pour que je te le dise. En fait, j'ai surtout perdu la motivation de tout t'écrire, je n'en peux plus de rédiger, j'ai mal à la main.

Je suis mort de fatigue, je sais que je te laisse subitement, mais j'aimerais me coucher.

Isabella est toujours auprès de moi à la grange et...

Mes yeux se ferment tous seuls,

À demain, âme sœur.

25 Mai 1850

Le coq de Robert m'a réveillé en sursaut, ce matin. J'ai regardé autour de moi pour faire état des lieux, et j'ai remarqué qu'Isabella n'était pas présente. Peut-être est-elle allée prendre un petit déjeuner auprès de Robert et sa maman ? me suis-je demandé. Alors, je me suis levé à mon tour et ai été jusqu'à la petite maison des fermiers, à quelques pas de la grange. Une délicieuse odeur de viande s'élevait depuis la cuisine. Je n'avais jamais senti quelque chose d'aussi bon de toute ma vie (n'avais-je déjà pas dit cela la dernière fois que j'ai mangé chez eux ?).

Robert était à table avec sa mère, et ils semblaient discuter de quelque chose d'important. Quand je suis arrivé, je l'ai entendu dire « On n'peut pas les laisser faire ! », puis sa maman a répondu « Tu ne comprends pas, tu es trop jeune, on n'a pas le choix ». J'étais bien tenté d'écouter le reste de la conversation, mais j'avais peur qu'on puisse apercevoir ma silhouette à travers l'espace qui sépare les différentes planches de la porte, alors je suis rentré.

Ils se sont immédiatement tus.

« Où est Isabella ? » lui ai-je demandé.

« Sais pas, elle avait déjà quitté la grange quand chui allé voir si vous dormiez encore. »

Je suis resté silencieux. Mon amie était partie et j'ignorais où. Peut-être près du Petit ou du nouvel enfant ? Je n'en savais rien. Je me suis contenté de m'asseoir à côté de Robert et de me servir d'œufs durs incroyablement savoureux. Le calme est demeuré ainsi pendant toute la durée du petit déjeuner. Après quoi, Robert m'a dit de me lever pour qu'on s'occupe des animaux et diverses autres tâches de la ferme. Cette fois-ci, ça nous a pris la journée.

Une journée entière de perdue, je suis dépité. Demain, je partirai de bon matin à la recherche de mon amie, j'ai besoin d'elle pour la suite.

C'est déjà tout pour l'instant, la journée était décidément mauvaise.

À demain,

Arnold.

Mon amour, j'ignore l'heure, peut-être même que nous sommes déjà le lendemain ? J'espère écrire correctement, je ne vois pas grand-chose avec la bougie que m'a prêtée Robert.

Quelque chose s'est produit durant mon sommeil. Un étrange bruit à l'extérieur de la grange m'a réveillé en sursaut, comme si quelque chose tombait et roulait sur le sol. Comme une roue en bois ou autre chose.

La nuit était noire et j'étais terrorisé (j'ose te le dire, car je sais que tu ne me jugeras pas). J'ai entendu des pas se rapprocher de moi, alors je me suis levé et ai crié de ma voix la plus grave :

« Qui va là ? »

Les pas se sont arrêtés, et une voix familière m'a répondu :

« Arnold ? »

C'était Andy, le cousin d'Alphonse. Les deux traitres m'avaient donc retrouvé.

« Qu'est-ce que tu viens faire ici ? » lui ai-je demandé sèchement.

« La même chose que toi, un enfant en souffrance se trouve à proximité de cette ferme. Je suis là pour le rencontrer. »

« C'est trop tard, Andy. Il y en a trois dans ce secteur, et je les ai déjà tous recrutés, tu devrais aller voir ailleurs. »

Il m'a avoué que ce n'était pas un problème, qu'il avait aussi plusieurs enfants dans son équipe et qu'il pouvait facilement se passer de nouveaux camarades (j'ai soupçonné qu'il bluffait). Il m'a ensuite dit que, si nous conjuguions nos forces, et qu'on réunissait tout le monde dans la même équipe, on réussirait plus vite. Mais je refuse de tomber dans leur piège, je sais que ce sont des lâches et qu'à la moindre occasion ils me tromperaient, comme j'ai prévu de trahir Sylvain (lui le mérite).

Il m'a lancé que c'était regrettable, mais que ça lui importait peu. Alphonse et lui sont apparemment très proches du but. Il m'a dit que je n'étais pas obligé de me joindre à leur groupe (encore heureux), mais que je ne devais pas me mettre en travers de leur chemin, et ils me laisseraient tranquille eux aussi.

« Je ne compte pas vous mettre des bâtons dans les roues », lui ai-je répondu. « À condition que tu partes maintenant et ne reviennes jamais dans mon secteur. »

« Entendu. Deux voies, deux destins, hein ? Au moins, on est clair là-dessus. »

Et il s'en est allé (je crois). J'ai attendu pendant de longues minutes, dans le froid, avant d'allumer la bougie et de t'écrire.

Ce qu'il peut être agaçant ! Pourquoi est-ce qu'il a débarqué en pleine nuit ? Il m'a fait terriblement peur, cet idiot d'Andy, j'ai cru que c'était un loup à la base.

Il connait ma situation, désormais, il sait combien d'enfants j'ai rencontrés et où j'en suis. Tout ça parce que je n'ai pas réussi à lui mentir, pourtant j'y arrive très bien, d'habitude. Grrr.

Le pire, c'est que je suis persuadé qu'il est au courant que Sylvain ne fait plus partie de mon groupe. Par conséquent, il n'a plus aucune raison de me craindre. J'ai peur qu'il ne tienne pas parole et qu'il revienne, ces prochains jours. Il connait parfaitement toute ma situation, alors que moi, je ne sais rien de la sienne et de celle d'Alphonse…

J'ai l'impression de bien m'être fait avoir, et ça m'agace.

J'espère que j'arriverai à me rendormir, mais ça m'étonnerait. J'ai toujours la sensation qu'il rôde, dans les parages.

27 Mai 1850

C'est idiot, mais j'ai passé la journée d'hier à regarder partout à la recherche d'Andy. Comme s'il se cachait dans un buisson ou que sais-je. Ce n'est qu'après coup que je me rends compte de l'absurdité de ma réaction, qui m'a à nouveau fait perdre une précieuse journée… Je m'en veux. Peut-être que cela faisait partie du plan d'Alphonse et Andy ; venir pour me perturber. C'est tout.

Mais je ne les laisserai pas me déstabiliser, non.

Je dois maintenant trouver où se situera le prochain rendez-vous de Laby. Et pour cela, je connais la personne idéale. Quelqu'un qui est fan d'actualité et qui sait toujours tout ce qui se passe autour de lui… Mon ancien professeur : Fadet Mars.

Mais avant, Robert m'attend pour travailler. J'ai si peu dormi ces deux dernières nuits. Je sens que je vais être à bout de force.

28 Mai 1850

Il suffit. Je n'en peux plus de perdre ainsi mes journées. Nous avons travaillé jusqu'à ce que le soleil se couche, c'était éreintant. J'ai fini par m'affaler sur la paille et je me suis assoupi avant même de trouver une position confortable. (Je ne te dirai pas l'état de mon bras droit au réveil, j'ai encore mal après m'être endormi dessus.)

Bref, trêve de bavardages, je me dois d'être productif. Nous sommes mardi, et il y a cours, mais ça ne m'empêchera pas de discuter avec monsieur Mars. Je vais partir de bon matin et prier pour arriver pendant midi. Ce n'est pas lui qui surveille les élèves dans la cour le mardi, donc c'est ma meilleure chance pour lui parler seul à seul. Il n'y a plus qu'à espérer qu'il ne m'enferme pas dans la salle de classe et appelle mes parents, sinon je ne donne pas cher de ma peau. (Quoique, ils m'ont certainement déjà oublié, alors ils diront peut-être à monsieur Mars que ce n'est plus leur problème.) On verra bien, dans le pire des cas, je peux m'enfuir par la fenêtre.

J'y vais, souhaite moi bonne chance, mon âme sœur.

Je suis à la moitié du chemin. Il fait terriblement chaud et le soleil a décidé d'agresser mon épiderme (j'ai super mal à la nuque, elle doit être carbonisée à l'heure qu'il est). Mais j'ai trouvé un petit coin d'ombre et je me suis dit que ça me ferait du bien de m'arrêter un peu pour t'écrire, ça me détend toujours énormément. Je t'aime, chère âme sœur, je n'ai point de doute là-dessus. Sache-le et ne l'oublie jamais. Tout ça, c'est pour qu'on soit ensemble, à jamais. Tu es celle qui me donne la force d'avancer, même si c'est compliqué.

Je n'aurais jamais dû remplir ma dame-jeanne en entier, elle pèse si lourd que j'ai du mal à la transporter sur une aussi longue distance. Ça m'apprendra. Cela dit, son contenu se vide à une vitesse folle tant il fait chaud. Je sens si mauvais et je transpire abondamment, heureusement que tu ne peux pas me voir, en ce moment.

Allez, je dois m'y remettre, sinon je ne serai pas là pour le temps de midi.

Me voilà au même endroit que tout à l'heure, mais sur le trajet du retour. L'ombre qui me préservait du soleil s'est dissipée, alors je me suis abrité quelques mètres plus loin, derrière un gros rocher. Si tu voyais la position que je prends pour profiter du seul petit coin isolé de toute lumière… tu rigolerais à coup sûr.

Je suis épuisé. Je n'ai pas envie de travailler à la ferme, demain, ça me désole d'avance.

Tu souhaites sans doute connaitre les détails ; si j'ai pu discuter avec monsieur Mars et obtenir des renseignements, donc voilà :

Quand je suis arrivé à l'école, mes camarades étaient déjà tous dehors. Cela signifiait que mon ancien professeur était seul dans la classe, mais j'ignorais combien de temps il me restait avant la reprise des cours. J'ai fait un grand tour pour arriver par-derrière, car je voulais éviter que les élèves me voient et me posent toute sorte de questions (ou se mettent à chanter la chanson). J'ai pénétré l'enceinte de l'école, puis le bâtiment des garçons. Je n'ai pas mis longtemps avant de me retrouver face à ma vieille salle de classe, dont la porte était légèrement entrouverte.

Je vais essayer de reconstituer ma conversation avec monsieur Mars, lorsque je suis entré :

« Tiens donc, monsieur McMusset nous fait l'honneur de sa présence, aujourd'hui », m'a-t-il dit d'un air hautain.

« Je ne suis pas revenu suivre les cours, monsieur. »

« J'espère bien, vous n'y seriez pas admis, de toute façon. Vous avez abandonné la scolarité, jeune homme, c'est un choix définitif. Dans mon école, on ne se permet pas d'aller et venir à sa guise. Que venez-vous faire ici ? »

J'ai refermé la porte derrière moi et me suis avancé jusqu'à son bureau. Monsieur Mars était en train de manger et a rapidement caché sa nourriture dans son sac (du pain, semble-t-il).

« J'aimerais vous poser des questions, ai-je avoué. Je pense que vous êtes au courant de certaines choses. »

« Et pourquoi répondrais-je aux interrogations d'un ancien élève, d'un déserteur, qui plus est ? »

« Car vous avez toujours dit que l'actualité était primordiale, que tout le monde devait en être informé, à tout temps. »

Il s'est levé de sa chaise, il ne devait sans doute pas apprécier que je le regarde de haut.

« Vous avez raison, monsieur McMusset. Je vois que vous avez au moins retenu une chose que je vous ai enseignée. Mais je sais que vous mijotez quelque chose, et je crains qu'en vous aidant, vous ne parveniez à vos fins. D'autant plus qu'on parle de Laby, et on doit faire preuve d'une vigilance particulière à leur sujet, vous n'êtes pas sans le savoir, n'est-ce pas ? »

Je n'ai pas baissé le regard alors qu'il s'était approché de moi, et j'ai posé la question qui me brûlait les lèvres :

« Savez-vous quand et où apparaitra le prochain Laby ? »

« Hahaha, mon garçon, si je m'attendais à cela. Il est de notoriété publique que l'un d'entre eux sera présent sur la place Sainte-Cassandre le douze juin, dans quelques jours. Je me permets de vous le dire, car il vous suffit de demander à n'importe qui pour avoir cette réponse. Voyez ça comme un moyen de vous remercier d'avoir été mon étudiant favori pendant toutes ces années. »

J'ai été son élève préféré ? Maintenant encore, j'ai du mal à croire ces paroles, j'ai dû les avoir inventées. Quoi qu'il en soit, je n'ai pas relevé.

« Vous saurez également, monsieur McMusset, que ce Laby apparaitra à nouveau deux jours après, le quatorze juin. Voilà pourquoi tout le monde est au courant, il s'agit là d'un évènement historique. Jamais un Laby n'est venu deux fois au même endroit en si peu de temps. Je suis étonné que vous ne soyez pas informé de cela. Moi qui ai tout fait pour susciter votre intérêt pour l'actualité. Je vous ai même donné de bons moyens de vous renseigner. »

Là-dessus, il m'a toisé d'un regard sombre et plein de mépris. (Son élève préféré, vraiment ?)

« Merci, monsieur. »

« Il n'y a pas de quoi », m'a-t-il répondu en retournant s'asseoir. « On ne peut pas empêcher un jeune de votre trempe de faire des bêtises, alors à quoi bon. Quelle que soit votre intention, ne vous en prenez pas à cette école, je vous prie. J'y tiens beaucoup trop. »

J'ignore pourquoi il pense que je détruirai ce bâtiment, ou quelque chose dans ce genre, mais peu importe. J'ai obtenu les réponses que je voulais, c'est tout ce qui compte.

« Je ne comprends pas pourquoi vous semblez si distant de tout cela, lui ai-je avoué. »

« Vous n'êtes plus sous ma responsabilité, Arnold. Et puis, ce sont des gens comme vous qui ont marqué l'histoire, je ne le sais que trop bien. Pensez à toutes les personnes semblables à vous qui ont été privées de liberté. Imaginez tout ce qu'ils auraient accompli. Vous êtes quelqu'un d'intelligent, j'ai bien envie de vous laisser agir à votre guise. »

Franchement, je ne comprends toujours pas ce qui lui est passé par la tête ni son raisonnement. Mais tant qu'il ne me met pas de bâtons dans les roues, je ne vais pas me plaindre.

« Vous comptez prévenir mes parents ? » lui ai-je demandé.

« Comme je vous l'ai dit, vous n'êtes plus sous ma responsabilité, alors je peux m'abstenir. Cela dit, j'entretiens de bonnes relations avec votre paternel, donc je ne me priverai pas de lui annoncer quand je le verrai. Mais, que voulez-vous qu'il fasse ? Il vous a déjà oublié, j'en ai bien peur. »

« Tant mieux. »

Et je suis parti sans dire au revoir à mon professeur.

J'ai obtenu mieux que ce que j'espérais. Non pas une, mais deux dates.

C'est dans deux semaines…

Deux semaines de travaux à la ferme, je ne sais pas si je tiendrai le coup, mais je n'ai pas le choix.

Il ne me reste plus qu'à prévenir tout le monde.

Je sens que nous nous rapprochons du but.

01 Juin 1850

Bonjour, chère âme sœur. Je ne t'ai pas écrit depuis quelques jours ; je te demande pardon. J'ai rapidement mis tout le monde au courant et j'ai pris un peu de temps pour moi (du moins, après le travail à la ferme). J'ai repris des forces depuis la dernière fois. Ce n'est que maintenant que je me rends compte que j'étais assez faible, et que j'ai eu raison de me reposer.

De son côté, Isabella va voir le Petit presque tous les jours (tout en retournant chez elle le soir, j'ignore comment elle peut trouver le temps et l'énergie pour un tel trajet quotidiennement). Elle aimerait bien qu'il soit assez à l'aise et confiant pour oser nous parler, à Robert et moi, ce qui ne serait pas de refus. Elle se rend aussi chez Marie-Claire (si j'ai bien retenu son nom) et commence à obtenir sa confiance. Apparemment, elle laisse même son fils se tenir auprès d'elles lorsqu'elles discutent, et elle ferme la boutique pour que personne d'autre ne rentre et puisse le voir.

Voici les informations qu'elle a pu soutirer pour le moment :

Le petit s'appelle Joseph, il a cinq ans et aime les chevaux, mais déteste le football. Parfois, sa maman l'autorise à jouer dans le jardin, lorsqu'il fait très sombre dehors, mais garde toujours un œil sur lui.

Il a dit ça directement à Isabella, mais nous avons d'autres renseignements. Marie-Claire a également raconté comment elle en était devenue sa mère.

"Il y a un peu plus d'un an, le père de Marie-Claire est tombé malade et ne pouvait plus s'occuper de l'atelier. Comme elle était son unique fille, c'était à elle de reprendre le flambeau. Elle a ainsi travaillé dans le domaine de la cordonnerie pendant les derniers mois de vie de son papa, qui se voyait rassuré par les efforts de sa fille. Quand il est décédé, elle s'est retrouvée seule, et a décidé de tout de même continuer son métier, comme l'aurait souhaité son père.

Un beau jour, une jeune dame avec une capuche sur la tête est entrée et a demandé à réparer le talon de son soulier, ce que Marie-Claire accepte sans problème. Elles ont alors eu une longue discussion, où Marie-Claire lui a raconté l'histoire de son père et de l'atelier qu'elle entretenait à présent. La demoiselle à la cagoule n'arrêtait pas de répéter qu'elle était si courageuse, que de tenir une boutique pareille en tant que femme était quelque chose d'incroyable et d'impressionnant. Marie-Claire était émue par de tels compliments, mais ne comprenait pas vraiment pourquoi cette inconnue lui disait tout cela. Elle lui tendit son talon après l'avoir réparé et essaya d'observer son visage par dessous son chaperon. La jeune femme s'en est aperçue et a fait un pas en arrière, avant de partir en courant. Marie-Claire est alors sortie à son tour et a crié à cette mystérieuse personne, déjà plus loin : « Tu es très belle », mais elle ne s'est pas retournée.

Quelques jours plus tard, elle a entendu quelqu'un frapper à la porte arrière du bâtiment. Elle a ouvert et a découvert un minuscule panier posé à même le sol. Une petite bosse était formée sous un linge humide. Marie-Claire retira le drap et aperçut une adorable tête la regarder avec de grands yeux. Miracle de la vie, elle était devenue maman. Depuis ce jour, elle sait au fond d'elle qu'elle vit pour protéger ce p'tit bout."

(C'est Isabella qui vient de rédiger ces paragraphes, j'ai mis des " " pour que tu te situes quand c'est elle.)

Bon sang, je lui ai prêté mon carnet pour qu'elle raconte le passé de Marie-Claire et de Joseph, mais je ne pensais pas qu'elle prendrait autant de temps. Je m'ennuyais à la regarder écrire.

Elle voulait continuer, mais elle devait absolument partir quelque part, donc c'est à moi de poursuivre l'histoire.

Pendant qu'elle a élevé Joseph, elle s'est rendu compte que la couleur de sa peau était un problème. Non pas pour elle, mais pour les gens qui venaient réparer ou acheter des souliers. La plupart quittaient simplement l'atelier en voyant le bébé, alors que d'autres faisaient des commentaires sur les chaussures, inventant qu'elles seraient souillées à vie si un enfant pareil était dans les parages.

(Isabella avait les larmes aux yeux en m'expliquant ceci, ce matin, elle disait que c'était totalement injuste pour Joseph. Personnellement, j'ai surtout trouvé ça injuste pour Marie-Claire.)

La jeune cordonnière a rapidement commencé à isoler son fils dans la pièce voisine, car elle avait peur de perdre sa clientèle. Une fois plus grand, elle l'autorisait à s'amuser dehors quand bon lui semblait. Joseph aimait jouer au football contre le mur arrière de l'atelier. Mais un jour, Marie-Claire était très occupée avec son travail et n'a pas remarqué tout de suite que les bruits de ballon s'étaient arrêtés. Elle est allée à l'extérieur lorsqu'elle s'en est aperçue et elle a retrouvé son fils par terre, ensanglanté. Aujourd'hui encore, elle ne sait pas très bien ce qui s'est produit. Elle pense qu'il s'est fait agresser, mais il n'a jamais souhaité en parler. Depuis, il n'a plus remis les pieds dehors en pleine journée, uniquement le soir.

Je comprends mieux pourquoi elle n'a pas voulu nous laisser l'approcher, elle a peur pour lui. Avec Isabella de notre côté, on aura rapidement sa confiance et nous pourrons demander à Joseph de rejoindre notre groupe. Mais elle doit faire vite, le Laby sera à la place Sainte-Cassandre dans moins de deux semaines. On a beau avoir le Petit avec nous, je ne serais pas contre une sécurité supplémentaire grâce à Joseph. Deux souhaits valent mieux qu'un.

Prions pour que les choses se passent bien. Prions pour que mon plan soit une réussite et prions pour qu'on soit réunis.

Avec amour,
Arnold.

9 Juin 1850

Le Laby sera à la place Sainte-Cassandre dans trois jours (oui, je ne t'ai pas écrit depuis un moment, pardon) et je n'ai revu Isabella qu'une fois, mercredi. Depuis, c'est le vide total. Elle m'a garanti que les choses avançaient bien et que tout serait bon pour le douze juin. Je lui fais confiance.

La pauvre, elle a tellement maigri depuis plusieurs semaines. Je le soupçonnais déjà, mais elle parvenait à le cacher. Ce qu'elle n'a pas réussi à faire la dernière fois que je l'ai vue.

Ne t'inquiète pas, Isabella, ton calvaire sera bientôt fini. Je t'en demande trop…

Pardon, je sais que je devrais arrêter de me comporter comme si je parlais à Isabella dans mon journal. D'ailleurs, je dois faire attention à ne pas lui montrer cette page, ainsi que toutes les autres où je l'évoque. Mais je lui avais dit de ne pas les lire la dernière fois, et elle m'a donné sa parole. Ce n'est pas son genre de mentir.

Sinon, je vais peut-être profiter d'une soirée tranquille pour te raconter ma vie à la ferme.

Je m'habitue à bosser ici, et je commence à trouver un rythme intéressant. Mais je ne pourrai pas continuer de cette façon toute ma vie, je le sais. Robert et ses parents sont très satisfaits de mon travail et disent que c'est grâce à moi que la ferme est encore debout. S'ils se portaient mieux financièrement, ils me payeraient avec plaisir, mais j'ai simplement besoin de nourriture et d'un endroit où dormir (je suis installé dans la chambre de Robert, avec lui, désormais). L'argent ne m'est d'aucune utilité, et je n'en aurai plus jamais besoin une fois que j'aurai réussi mon objectif.

Ces gens sont vraiment gentils. Je tâcherai de ne pas les oublier, ils méritent toute l'aide que je pourrai leur fournir plus tard.

Je me dis qu'une fois qu'on sera réunis, je pourrai soutenir toutes les personnes qui m'ont rendu service, comme Isabella, Yves, etc.

Je leur dois bien ça.

Encore trois jours, la pression augmente sans cesse. Je t'écrirai le matin du douze, ainsi que le soir. Ou pas…

Qui sait, si l'on est réunis le 12, je n'aurai plus besoin de rédiger dans ce journal. Je n'aurai plus qu'à te le donner pour que tu puisses voir tout ce que j'ai accompli pour nous.

Je t'aime,

Arnold.

10 Juin 1850

Tu crois qu'on a droit au bonheur, toi et moi ? Et si j'avais fait tout ça pour rien, et si l'on ne pouvait pas se voir ?

Je ne suis plus qu'à deux jours de la date fatidique. J'ai très peur, tu sais ? J'ai peur que tu ne m'aimes plus une fois que tu me verras, que tu m'en veuilles d'avoir forcé le destin. Car c'est un peu ce que j'ai fait…

Peut-être étions-nous destinés à nous rencontrer dans deux ans, ou cinq, ou quarante. Peut-être même sommes-nous condamnés. Une malédiction plane peut-être au-dessus de nous, nous obligeant à ressentir cet immense amour, sans jamais pouvoir connaitre l'autre. Et si tous mes efforts me ramenaient à cette conclusion ? Qui sait, ça pourrait arriver…

Waw, je n'ai pas l'habitude de philosopher ainsi, mais ça me trotte en tête depuis quelques jours. J'espère tant y parvenir, mon âme sœur. Je veux vraiment y arriver. Après tout ce que j'ai traversé pour te retrouver, échouer maintenant serait véritablement la chose la plus difficile que je pourrais endurer. Pourtant, ma vie n'a pas été facile, comme tu as pu le constater. J'ai toujours tâché de rester positif et de me laisser porter par l'objectif d'enfin te rencontrer. Mais la réalité est là : si je n'arrive pas à te trouver, alors j'aurai tout gâché.

C'est bête, je ne devrais pas te dire tout ça, pas maintenant, mais je ne peux pas m'en empêcher.

On dit souvent qu'on a des incertitudes quand nos ambitions sont sur le point de se produire, comme les mariés doutent de leur amour le jour de leur union. Je ne doute pas de mon amour pour toi ni de ce que j'ai fait pour te retrouver. Seulement je…

Je n'arrive pas à trouver les mots.

Je pense que j'ai simplement peur.

12 Juin 1850

C'est le grand jour, chère âme sœur. Aujourd'hui, nous nous retrouverons face à un Laby. Deux enfants formuleront un souhait... ou peut-être même plus. Je pourrai demander tout ce que je veux, et toi aussi ! On sera ensemble, on s'élèvera jusqu'au sommet avec toutes les personnes qui le méritent. Nous pourrions vieillir ensemble, sans jamais avoir à nous soucier de notre santé ou de quelque autre problème que ce soit. On sera heureux. Oui, on sera heureux.

J'attends Isabella devant la grange, en compagnie de Robert et du Petit. Nous sommes allés le chercher hier soir et ses parents ont accepté qu'il dorme à la ferme avec nous. Nous nous sommes installés au milieu de bottes de foin, et avons discuté jusqu'à tard dans la nuit. Le Petit a même échangé quelques mots avec nous, ce qui m'a grandement rassuré, je ne te cache pas.

Je l'ai beaucoup observé, ce Petit, et j'ai remarqué qu'il présentait davantage d'hématomes que la dernière fois. Et Robert n'avait de cesse de répéter « Quel casse-cou c'ui là ». J'étais tenté de dire quelque chose, mais je me suis retenu. Je ne peux pas me permettre de faire le moindre commentaire, je préfère laisser les choses comme ça. C'est mieux pour Robert, et le Petit. De toute façon, lui aussi sera bien plus serein une fois qu'on aura réussi. Il pourra souhaiter tout ce dont il rêve, y compris la liberté et l'indépendance qui lui permettront d'échapper à son quotidien cruel.

Quand on s'est dit qu'il serait sage de s'endormir, le Petit s'est couché dans une étrange position. Je mets ma main à couper qu'il a des bleus partout sur le corps, et que c'est la seule posture qu'il peut adopter pour se reposer sans douleur. Je ne te cache pas que ça me rend triste... alors, qu'en sera-t-il d'Isabella ? Elle le voit plus souvent que moi, par conséquent, elle s'y est peut-être habituée, je ne sais pas.

Ce matin, le Petit n'a pas prononcé un mot. Moi qui espérais qu'il soit aussi à l'aise qu'hier soir. Peut-être qu'une fois qu'Isabella sera là, il retrouvera l'usage de sa voix. Il ne nous reste plus qu'à l'attendre.

Elle est arrivée en compagnie de Joseph, comme je m'en doutais. Elle m'a frappé sur l'épaule et m'a légèrement sermonné (bizarre, ça ne lui ressemble pas). Elle pensait qu'elle devait aller chercher le Petit et l'amener ici en même temps que Joseph. Quand elle a vu qu'il n'était pas à son domicile, elle a certes eu peur, mais la mère du Petit lui a appris qu'il était chez Robert, alors tout va bien. (Je ne comprends pas pourquoi elle en a fait tout un fromage, mais bon, qui sait ce qui se trame dans sa tête.)

Elle s'est toutefois rapidement calmée et nous a présenté Joseph. Je lui ai demandé ce qui s'est passé pour que Marie-Claire la laisse emmener son fils aussi loin, mais elle m'a dit que c'était privé. J'ai insisté, mais n'ai rien obtenu d'autre.

Joseph portait une cape à capuche, ainsi qu'un foulard qui recouvrait une large partie de sa figure. À moins de le regarder attentivement, personne ne peut le voir.

« C'est horrible de devoir cacher son visage », nous a confié Isabella. « C'est tout simplement injuste. »

« Si ça peut le protéger, on la lui laissera », ai-je dit. « Bientôt, il n'en aura plus besoin, il pourra souhaiter avoir le même teint que nous. »

« Ce n'est pas la bonne solution », m'a réprimandé Isabella.

Elle m'a dit l'une ou l'autre phrase ensuite, mais je n'ai pas écouté, je te l'avoue. Je pensais à toi pile à ce moment, et quand c'est le cas, j'ai parfois un peu de mal à cerner mon environnement, ce qui me frustre à un point dont tu n'as pas idée.

Isabella a passé sa main devant mon visage, et je suis sorti de ma torpeur. Je me suis excusé et ai proposé à mes alliés de se mettre en route.

Isabella était très protectrice vis-à-vis du Petit et de Joseph, elle les tenait tous les deux par la main et les gardait à proximité d'elle. Pendant ce temps, je marchais derrière en compagnie de Robert, qui effectuait toutes sortes de blagues, dont je n'ai compris que la moitié (mais j'ai feint l'amusement par acquit de conscience).

Quand on est arrivé proche de mon ancien village, le Petit semblait épuisé. Isabella a tenté de le transporter sur ses épaules, mais elle était également fatiguée, alors je me suis porté volontaire pour le faire à sa place (que cet enfant est léger).

En entrant dans l'enceinte du village, nous avons été frappés par le nombre important de gens qui circulaient. On aurait dit qu'on se trouvait à une fête publique gigantesque, comme le jour de l'an, mais en dix fois plus grand. Isabella a demandé à Joseph d'arrêter de jouer avec sa capuche, et de ne surtout pas la retirer, lequel s'est exécuté sans broncher.

Nous avons traversé la foule comme si elle n'était pas là et qu'une allée nous était réservée.

Et nous avons atteint la place Sainte-Cassandre…

Comment dire…

Je n'ai jamais aperçu autant de monde. Au moins 400 personnes se trouvaient sur cette si petite place (bon, j'exagère probablement, je suis un piètre estimateur). J'ai vu toutes sortes de stands qui vendaient de l'alcool, de la viande, du bouillon et même une qui commercialisait de minuscules statuettes en bois (en forme de Laby, c'est d'un mauvais goût). Au-dessus s'élevait une immense banderole avec écrit « Festival du Laby », laquelle était accrochée de l'arbre central à un bâtiment de l'autre côté de la place.

Robert était ébahi, il n'arrêtait pas de dire « Bon sang, qu'c'est vivant, par chez toi ! ». Joseph semblait également curieux de tout ce qui se déroulait autour de nous. Pour Isabella et le Petit, c'était autre chose, ce dernier se collait à elle et s'agrippait comme il le pouvait à ses jambes, et je voyais bien que mon amie se faisait toute petite aussi.

De mon côté, je pense que j'aurais bien aimé ce type de festival, en temps normal. Mais nous n'étions pas en temps normal, alors je n'ai pas pu en profiter.

Avec tout ce monde, j'avais peur que nous ne puissions pas rencontrer le Laby. Je savais qu'on allait devoir jouer des coudes pour se faufiler jusqu'à lui quand il apparaitra. C'est dans une telle situation que la présence de Sylvain nous aurait été utile, mais tant pis.

Isabella m'a suggéré de nous installer au centre de la place, près de l'ancien puits d'où pousse l'arbre, afin d'être à l'ombre de ses feuilles. (La vraie raison est que peu de gens se trouvaient à cet endroit, ai-je supposé.) J'ai accepté, ça nous a permis de prendre un petit peu d'altitude pour observer. J'étais donc sûr de voir le Laby apparaitre, et également d'analyser attentivement la foule pour être certain que mes parents ou toute autre personne problématique ne soit pas présente.

Robert et le Petit se sont adossés à l'arbre, tandis qu'Isabella et moi guettions les alentours (quant à Joseph, j'ai oublié). Heureusement, je n'ai pas aperçu mes parents, ni Sylvain, ni Alphonse et Andy. En revanche, j'ai remarqué monsieur Mars, à l'extrémité de la place, à côté d'un stand peu convoité, mais j'étais sûr qu'il ne me poserait aucune difficulté.

Nous avons ensuite pris place sur les pierres tièdes du puits, et avons attendu une éternité que quelque chose se produise. Il faisait horriblement chaud, mais heureusement, la foule semblait diminuer au fur et à mesure du temps (ce qui m'a étonné ; peut-être que la chaleur a eu raison des moins patients).

Ce n'est qu'au bout d'un million d'années (à peu près) qu'il s'est enfin passé quelque chose. Le ciel s'est assombri et les gens sont devenus aussi silencieux qu'à un enterrement en une demi-seconde. Le vent s'est mis à souffler et tout le monde regardait aux alentours, pour essayer de repérer la créature, normalement apparue. Évidemment, je faisais de même.

Isabella n'a même pas eu le temps de se lever qu'une femme dans la foule s'est écriée : « Il est là, dans l'arbre ».

J'ai relevé la tête et ai aperçu avec effrois que de longues pattes bleues pendaient juste au-dessus de mon visage. Le Laby s'était assis sur une branche à quelques centimètres à peine de mon cuir chevelu (encore maintenant, j'ignore comment j'ai fait pour le manquer).

« Bandes d'humains stupides », a-t-il dit d'une grosse voix cassée. « Un unique souhait par personne, vous le savez tous. Je veux que seuls les gens qui n'en ont jamais réclamé soient sur cette place. Les autres, éloignez-vous jusqu'aux bords de la bulle. »

Au moment où il prononça le mot « bulle », un cocon gigantesque de couleur jaune/verte est apparu tout autour de la place. C'était la sphère la plus étrange que je n'ai jamais vue. Elle était comme une bulle de savon, mais en plus... mystique, c'est véritablement indescriptible, je suis désolé.

Quelques individus ont obéi, mais la plupart des gens sont restés là où ils étaient.

« Je sais pertinemment qui a déjà croisé un Laby, je ne suis pas idiot. Alors, éloignez-vous, c'est mon dernier avertissement. Sinon, je devrai vous pousser moi-même. »

Cette fois, la quasi-totalité des personnes présentes s'est écartée. Robert m'a tapoté l'épaule et m'a dit qu'on devrait faire de même, lui et moi. J'ai accepté, en priant pour que les deux enfants se souviennent précisément du souhait qu'ils devraient poser. Nous avons alors sauté du muret et j'ai remarqué qu'Isabella nous suivait.

Pas moyen de me remémorer si elle avait déjà réclamé un vœu par le passé ou non… donc je n'ai pas réagi.

On s'est retrouvés agglutinés auprès des autres adultes, ce n'était pas très agréable.

Quand le silence s'est installé, les quelques personnes plus âgées qui étaient restées proches du centre se sont toutes retournées subitement et se sont mises à courir vers nous, exactement à la même vitesse. On aurait dit une parade militaire, comme celle que j'ai pu voir une fois lorsque j'étais enfant. Je soupçonne le Laby d'avoir pris le contrôle de leurs bras et de leurs jambes.

À la fin, il restait juste le Petit, Joseph, un adolescent d'environ 17 ans, un adulte dans la quarantaine, deux fillettes (des jumelles) et… Andy.

Ce dernier tenait les deux gamines par la main, ce qui signifiait qu'elles l'accompagnaient. Je n'avais aucune idée des souhaits qu'il allait formuler, alors, disons que j'étais dans un état de panique élevé. J'ai même failli courir jusqu'à lui et le pousser hors de la place. (Maintenant que j'y pense, j'ai bien fait de me retenir ; ça aurait été une mauvaise idée en tout point.)

Le Laby a ordonné à mes deux amis de descendre du muret et à tout le monde de faire la file devant lui. Le garçon de 17 ans s'est empressé de se mettre à l'avant (en bousculant le Petit… Je ne te dis pas la tête d'Isabella en apercevant ça). Juste derrière, je voyais mes deux alliés, puis l'adulte, et finalement le traître et ses deux recrues.

J'ai supposé qu'ils s'étaient placés à la fin de la queue pour pouvoir tirer parti des informations qu'ils auraient grâce aux souhaits des gens avant eux, malin.

« Faites vos vœux, et ne tardez pas », a dit le Laby. (Bon sang, que sa voix est profonde, comme si elle sortait tout droit des enfers.)

L'adolescent colérique a demandé le cheval le plus rapide du monde, et un bel étalon noir est apparu à quelques mètres de lui.

(Est-ce que le Laby a créé la vie, avec ce cheval, ou bien a-t-il capturé un animal déjà vivant et l'a envoyé jusqu'à lui ?) J'aurais aimé avoir posé cette question au Laby, mais je n'en ai pas eu l'occasion, malheureusement.

Suite à cela, le jeune homme est parti vers son nouveau moyen de transport, sans prendre le temps de remercier le Laby. Il l'a ensuite chevauché avant de disparaitre à toute vitesse, j'ignore où (je crois qu'il a emprunté une rue et traversé la bulle jaune, mais peu importe).

C'est là que ça devient intéressant :

Joseph s'est avancé vers le Laby. Isabella se rongeait les ongles et n'arrêtait pas de dire « Tout le monde le regarde, il doit garder sa capuche, sinon c'est la catastrophe ».

J'ai tendu l'oreille et entendu Joseph prononcer d'une voix claire :

« Je souhaite créer deux Laby. »

Exactement ce dont je lui avais demandé. Le monde s'est éteint l'espace d'une seconde en attendant la réponse du monstre, laquelle résonne toujours en moi à l'heure actuelle :

« Souhait refusé. »

J'aurais dû savoir que c'était trop ambitieux pour être vrai, mais il était trop tôt pour se dire qu'on avait échoué.

« Je souhaite créer un Laby », a continué Joseph.

J'étais encore plus angoissé que lors de la première tentative, car, s'il n'acceptait pas de nouveau…

« Souhait refusé. »

J'ai mis un moment avant de me rendre compte de la réalité. On n'a quand même pas pu se planter ? Non, c'était impossible, ça devait marcher. On n'avait pas le choix. J'étais tellement confiant dans ce souhait que j'ai écarté l'éventualité qu'il ne fonctionne pas.

J'avais beau savoir qu'on pouvait échouer, mon cerveau a préféré effacer cela en lançant l'idée au loin. Laquelle m'est revenue directement dans les dents comme un boomerang.

J'ai eu l'impression que le temps s'était figé. Et quand il a repris son cours, j'ai foncé droit vers le Laby, sans me soucier des conséquences. Il pouvait bien me foudroyer pour avoir quitté l'extrémité de la bulle, je m'en fichais.

Mais personne ne m'en a empêché.

J'ai marché, presque couru, jusqu'au centre de la place. Je devais trouver un souhait à faire formuler à mes deux alliés en quelques secondes seulement. Je n'ai même pas eu besoin d'y réfléchir qu'un plan m'est venu instinctivement. Était-ce logique, digne d'intérêt ? Je n'en avais pas la moindre idée, mais c'est tout ce que j'avais.

Je me suis penché pour murmurer quelques mots à l'oreille de Joseph. Il a approuvé d'un signe de tête. Je me suis redressé et ai fait face au Laby, qui ne s'est pas plaint une seconde de mon arrivée sur la place (curieux qu'après cela, aucun adulte n'ait osé imiter mes actions).

Maintenant que j'y pense, je n'ai pas fait gaffe une seconde à mon ennemi ; Andy. Assurément, il m'a vu, mais comment a-t-il réagi ? Je demanderai à Isabella demain si elle y a prêté attention.

Joseph a alors réclamé au Laby, toujours d'une voix claire et confiante :

« Je souhaite savoir pourquoi, vous, les Laby, exaucez les désirs des humains ? »

La créature, semblable à un animal à la fourrure bleue, s'est redressée sur sa branche et s'est laissée tomber sur le sol, à quelques centimètres de nous. Il m'arrivait à hauteur des yeux, et regardait donc Joseph de haut. Il s'est agenouillé, si bien que ses longs bras touchaient le sol, pour être à la même hauteur que l'enfant qui venait de lui réclamer un vœu.

« Eh bien, pour survivre », s'est-il contenté de répondre. « Nous autres, Laby, réalisons les souhaits des humains pour éviter de mourir. »

La foule s'est agitée, certains criaient de stupeur, d'autres sifflaient. Quelques personnes ont tenté de venir jusqu'à nous, mais une sorte de barrière de la même couleur que la bulle les a stoppées (contrairement à moi… j'ignore pourquoi).

Ainsi donc, les Laby ont besoin de nous, voilà qui était intéressant. Malheureusement, je ne disposais pas d'assez d'informations pour prétendre faire un vœu qui pourrait nous en donner à l'infini, alors j'ai opté pour quelque chose d'autre. Je me suis abaissé à la hauteur du Petit tandis que Joseph se dirigeait vers Isabella.

« Écoute-moi bien, lui ai-je dit. Nous allons changer les plans, d'accord ? »

Le Petit a regardé ses pieds.

« Oublie le souhait que tu devais formuler à ce drôle de bonhomme. À la place, j'aimerais que tu lui demandes des super pouvoirs ; ceux de détecter tous les enfants en souffrance de ce monde, et de savoir où ils sont. Tu penses en être capable ? »

Le Petit s'est tourné vers Isabella, qui lui a levé un pouce. Il m'a ensuite regardé pour la première fois dans les yeux depuis que je le connais, et a approuvé d'un signe de tête.

Il m'a pris la main et nous avons marché tous les deux jusqu'au Laby, qui n'était pourtant pas très éloigné. Le Petit n'était vraiment pas à l'aise, il avançait d'un pas lent et hésitant. Une fois qu'on était juste en face de lui, je lui ai lâché la main et j'ai remarqué que tout son corps se penchait le plus loin possible, à l'exception de ses pieds. Si bien qu'on aurait dit que le Petit allait basculer en arrière à la moindre brise. J'ai bien senti qu'il aurait aimé que je reste avec lui et que je lui tienne la main, mais je devais le laisser seul face au Laby, donc je me suis reculé.

Mais ça ne lui a pas empêché d'être courageux. Il a alors réclamé le souhait que je lui avais demandé de formuler quelques secondes plus tôt. J'étais stressé, mais confiant.

Et à ma grande surprise, le Laby a refusé.

« Quoi ? » me suis-je écrié. « Comment ça, non ? »

« Il n'a pas assez de potentiel pour un tel vœu, tout simplement. »

J'étais sur le point de protester, quand j'ai entendu une voix s'élever avec une intensité si forte qu'elle aurait pu réveiller un mort :

« C'EST IMPOSSIBLE. CE PETIT VIT LES PIRES HORREURS DU MONDE CHEZ LUI, VOUS N'AVEZ PAS IDÉE DE LA SOUFFRANCE QU'IL ENDURE. COMMENT POUVEZ-VOUS REFUSER SON SOUHAIT, C'EST INJUSTE ! »

Évidemment, la personne qui venait de hurler cela n'était autre que mon amie, Isabella.

J'ai à peine eu le temps de me retourner vers la provenance de son cri qu'elle était déjà là, juste à côté de moi. Et elle continuait à enguirlander le Laby, en agitant le doigt.

« VOUS NE POUVEZ PAS FAIRE UNE CHOSE PAREILLE, CE PETIT MÉRITE N'IMPORTE QUEL VŒU, MÊME S'IL DEMANDAIT QUELQUE CHOSE DE BIEN PLUS DÉMESURÉ. VOUS NE POUVEZ PAS LUI REFUSER, POUR QUI VOUS PRENEZ-VOUS ? »

J'ai cru qu'elle allait le frapper. Je n'ai jamais vu Isabella aussi en colère, mais quelle mouche l'avait piquée ?

« RÉALISEZ SON SOUHAIT, VOUS POUVEZ LE FAIRE, CE N'EST VRAIMENT PAS SORCIER. VOUS L'AVEZ DÉJÀ FAIT PAR LE PASSÉ. C'EST INJUSTE. »

Elle s'est mise à tapoter le maigre torse du Laby avec son index. Décidément, elle cherchait à se faire tuer…

Le Laby ne l'avait toujours pas regardé jusqu'à présent, il se contentait de fixer le ciel. Ce n'est que lorsqu'il s'est adressé à elle que leurs regards se sont croisés :

« J'ai fait disparaitre la capuche. »

Isabella a bégayé deux ou trois mots, avant de se retourner vers la foule.

J'ai fait de même.

Joseph était toujours là, mais ses courts cheveux noirs étaient à présent à l'air libre. Personne ne semblait l'avoir remarqué, jusqu'à ce qu'un homme à la grande barbe baisse les yeux et effectue un pas en arrière, trébuchant sur un autre homme.

Le monsieur qui venait d'être bousculé s'est offusqué, mais a rapidement oublié la colère qu'il éprouvait pour le barbu lorsqu'il a vu Joseph.

« Eh, qu'est-ce qu'il fout là, ce gamin ? Eh, petit, t'as rien à faire ici. Tu cherches les ennuis, c'est ça ? Je t'apprendrai, moi, à aller là où les gens comme toi ne sont… ARGH. »

Il n'a même pas eu le temps de terminer sa phrase qu'Isabella lui a asséné le plus grand coup d'épaule que ce monde ait connu, et je pèse mes mots. Elle venait à l'instant de battre tous les records de vitesse et a foncé dans cet homme avant qu'il ne s'en prenne à Joseph.

Il est tombé en arrière, entrainant trois ou quatre personnes dans sa chute. Des cris ont fusé et une bagarre générale a éclaté peu de temps après. J'ai pu observer Isabella mettre ses bras autour des épaules de Joseph avant de partir tous les deux dans un endroit plus sûr, c'est-à-dire à l'autre bout de la place. Ils sont passés juste à côté de nous et ont continué jusqu'à la petite rue qui faisait sortir du village. Je ne les ai plus vus, ensuite.

Alors qu'un vacarme pas possible faisait rage au niveau de la foule, le Laby s'est mis à marcher et s'est arrêté à côté de moi. Il a levé les bras et la bulle jaune a éclaté, laissant apparaitre un ciel gris, illuminé de temps à autre par un éclair.

Il s'est tourné vers Andy et les autres, qui devaient encore formuler un vœu, et leur a dit :

« Je suis navré pour vous, mais ce n'est pas aujourd'hui que vous pourrez me demander quelque chose.

L'homme adulte qui était juste derrière le Petit dans la file était sur le point de protester quand une bulle nous a entourés, Le Laby, le Petit et moi-même.

Elle était si minuscule que j'ai dû me vouter pour que ma tête ne touche pas la paroi, alors je ne te parle même pas du Laby qui était plié en quatre.

« Dis à cet enfant quel souhait il doit me réclamer, qu'on en finisse, a déclaré la créature d'un ton las.

« Vous ne pouvez pas faire une bulle plus grande ? On va étouffer, ici, lui ai-je demandé.

« Non.

Je n'ai pas insisté davantage et me suis tourné vers le Petit, qui me regardait intensément. Je pensais trouver de la peur dans son visage, mais j'y ai plutôt lu de la détermination, ainsi qu'une soif d'en finir.

« Écoute, tu vas lui demander ceci…

Et j'ai murmuré quelque chose à son oreille.

Bon, d'accord, c'est un mensonge, en fait, je lui ai dit à haute voix. Mais je raconte de cette manière pour le suspense. Tu ne m'en voudras pas, mais j'ai pris plaisir à romancer légèrement les évènements.

Le Petit m'a fait un bref signe de tête (ou alors il tremblait, va savoir) et il s'est lentement tourné vers le Laby. Je ne te cache pas que j'avais envie qu'il se dépêche, je transpirais abondamment depuis tout à l'heure, et ça commençait à sentir dans toute la bulle, j'étais mal à l'aise.

« Je veux obtenir des précisions par rapport au souhait de Joseph, a dit le Petit d'une voix bien plus assurée que la première fois.

« Chaque Laby doit réaliser des vœux, sinon il meurt, mais c'est très rare. Notre peuple est directement lié au vôtre. Plus il y a d'êtres humains, plus il y a de Laby. Quand votre population diminue, comme cela peut être le cas pendant une guerre, certains Laby doivent se battre pour dénicher des personnes qui n'ont pas encore réclamé de souhait. S'installe alors une véritable compétition menée par la panique ; les plus rapides trouvent des humains et survivent, tandis que les autres périssent. Rien n'est plus terrible qu'un Laby en proie à la peur de mourir. Dans ces situations, tous les Laby en bonne santé de la région se regroupent pour emprisonner celui dont le temps est compté, pour l'empêcher de faire une grosse bêtise.

« Pourquoi devoir se mettre à plusieurs, ai-je demandé ?

Évidemment, il n'a pas voulu me répondre, mais je m'en fichais. J'ai pu obtenir bien plus d'informations que je ne l'espérais. Je sais quel sera mon souhait final.

Je l'ai laissé disparaitre sans lui poser d'autres questions. La bulle s'est volatilisée en même temps que lui et le temps est redevenu clair dans la seconde. Je ne m'étais pas rendu compte d'à quel point il faisait chaud à l'intérieur de celle-ci. J'ai pris de grandes inspirations en oubliant tout ce qui pouvait se passer autour de moi. Ou plutôt, ce qui ne se passait pas… La place était totalement vide. Nous sommes restés à peine deux minutes dans la bulle et ça a suffi à tout le monde pour quitter les lieux. J'ai supposé que l'orage a fait peur aux gens et qu'ils ont préféré rentrer chez eux pour se mettre à l'abri plutôt que de continuer à se battre comme des idiots. Même Andy n'était plus là (moi qui pensais qu'il allait m'attendre pour me harceler de questions [quoique, c'est logique en fait]).

Dans tous les cas, les événements ont été plus positifs que néfastes. Nous avons progressé dans l'accomplissement de nos objectifs, tandis que ceux d'Alphonse et d'Andy sont restés au même point. Je ferai tout pour que ça continue.

C'est une bonne chose. Oui, une très bonne chose.

J'ai ensuite pris la main du Petit et nous sommes rentrés chez Robert (qui avait disparu, lui aussi, maintenant que j'y pense). Nous n'avons pas échangé le moindre mot sur le trajet, si long fût-il. J'ai pu faire le point dans ma tête et réfléchir à toutes sortes de trucs. Ce n'est pas aujourd'hui que nous nous rencontrerons, chère âme sœur, mais la prochaine fois sera la bonne, j'en suis convaincu.

Nous avons retrouvé Robert à la ferme, comme je m'y attendais. Il m'a posé l'une ou l'autre question et je lui ai fait part de la situation. Isabella n'était pas avec lui, j'ai supposé qu'elle était allée chez Marie-Claire avec Joseph. Je ne la remercierai jamais assez pour ce qu'elle a fait pour moi, de même que Joseph. Je n'aurais pas obtenu toutes ces précieuses informations sans leur aide. D'ailleurs, je suis étonné qu'elle ne nous ait pas attendus, le Petit et moi. Elle doit sacrément avoir confiance en moi pour le laisser rentrer seul avec moi. C'est normal après tout, je suis son meilleur ami !

Bref, je perds le fil de mes idées, c'est certainement dû à la fatigue.

Il s'est passé tellement de choses aujourd'hui, j'espère avoir réussi à te parler de tout. Demain matin, je te ferai part de mes plans.

J'ose penser que tu me pardonneras et que tu sauras comprendre ma perspective. Car j'ai décidé de faire une chose qui est sans doute l'acte le plus odieux de mon existence.

Mais je le fais pour nous.

Tendrement,

Arnold.

13 Juin 1850

Peut-être t'en souviens-tu, mais le Laby qu'on a rencontré hier devrait apparaitre à nouveau sur la place Sainte-Cassandre, demain (si ce que m'a dit Fadet Mars est exact). C'est pourquoi nous devons nous dépêcher.

Si seulement j'avais prévu des plans de secours, je ne serais peut-être pas obligé d'en arriver là…

Mais comme je n'ai plus le choix, désormais, il va falloir que je le fasse :

Je vais tuer le père de Marie.

C'est une décision lourde à prendre, mais elle acceptera de me donner son souhait uniquement si je fais cela. J'espère que tu comprends…

Je n'ai pas pu fermer l'œil de la nuit, je ne peux pas à m'imaginer faire un truc pareil. Je peux faire plein de choses pour arriver à mes fins, mais abattre quelqu'un… c'était inconcevable.

Mais qui sait, je lui rendrai peut-être service de cette façon. D'après Isabella, cet homme dégage une aura des plus maléfiques, et Marie est en souffrance, ça n'a aucun doute. Peut-être que son père est responsable de toute la douleur de sa fille. Je la sauverai en accomplissant cette tâche.

Et puis, j'ai beaucoup trop besoin de te voir, et c'est la seule solution.

Je pourrais convaincre Andy et Alphonse de me laisser une des deux jumelles que j'ai aperçues hier, mais ça me mettrait trop en position de faiblesse. J'ai peur qu'ils se servent de moi et me fassent croire qu'ils acceptent, pour au final refuser à la fin.

Non, je n'ai décidément pas d'autre perspective.

Je sais que je fonce parfois tête baissée dans un plan, sans toujours réfléchir aux conséquences ou à une sortie de secours, mais cette fois, je t'assure que j'ai pensé à toutes les possibilités. Et celle-là est la seule option, je n'ai pas le choix.

J'espère que tu m'aimeras encore après cela, et que je ne descendrai pas dans ton estime. Le soleil est sur le point de se lever, je vais éteindre ma bougie et me mettre en route.

Je prie pour que le père de Marie n'ait pas été trop loin avec sa charrette. Avec le festival de Laby, qui se déroule d'hier à demain, il pourrait être resté dans les environs, ou bien aller vendre ses marchandises directement dans mon village. Je vais avant tout me rendre à son domicile, et, s'il n'est pas là, je me dirigerai jusqu'à la place Sainte-Cassandre.

Demain, c'est le jour J, celui où je réaliserai le souhait qui nous réunira, j'en suis persuadé, cette fois. Alors il faut absolument que je trouve Marie et son père, sinon je ne sais pas quand j'aurai à nouveau une telle occasion.

Allez, je souffle sur ma bougie et j'y vais.

Je t'aime, j'espère que ça restera réciproque…

C'est fait.

Je suis sincèrement désolé, mon âme sœur, mais je n'ai pas eu d'autre choix. Je vais t'épargner les détails, mais sache que je m'y suis pris comme il fallait.

J'ai fait ça pour nous.

Cet individu était abominable, Marie m'a sauté dans les bras quand je lui ai annoncé qu'elle n'aurait plus jamais à le voir. Elle m'a dit qu'elle avait enfin gagné la liberté, grâce à moi.

J'ignore en quoi cet homme était aussi néfaste, mais je peux t'assurer que la joie et le soulagement brillaient sur le visage de Marie.

Je ne tiens pas à te raconter les détails, mais sache que, si tu me le demandes, je t'expliquerai tout.

Je ne suis pas un monstre, mon âme sœur, et j'espère que tu n'en douteras jamais.

À présent que la petite Marie est libérée, elle m'a promis qu'elle allait se rendre à la place Sainte-Cassandre en ma compagnie. Elle s'engage à formuler le souhait de mon choix. Je lui ai tout expliqué, alors elle sait quoi demander et semble en accord avec cela. J'espère juste que, maintenant qu'elle n'a plus affaire à son père, sa souffrance est encore là (pour le moment, bien entendu) et que son vœu est toujours aussi puissant. Sinon… je préfère ne pas y penser.

Nous serons réunis demain, point final.

Il est hors de question d'avoir fait tout ceci pour rien.

D'après les rumeurs qui circulaient hier sur la place, le Laby devrait arriver plus tard dans la journée, vers le début de soirée. Ce qui me laissera le temps de rassembler Isabella et les autres enfants.

Quoique, ai-je encore besoin d'eux ?

Évidemment, je tiendrai mes engagements à leur égard, ça ne fait aucun doute, mais je peux me rendre sur la place uniquement en compagnie de Marie, quand j'y pense. Je verrai bien demain.

Je vais d'ores et déjà t'abandonner pour aujourd'hui, j'espère vraiment ne pas être descendu dans ton estime.

Je t'aime plus que quiconque,
Arnold.

14 Juin 1850 (Matin)

Ça y est, c'est le grand jour. Probablement ma dernière occasion avant un moment. Si j'échoue aujourd'hui, qui sait combien de temps je devrai encore travailler à la ferme. Une semaine ? Un mois ? Un an ? Plus ? Je ne pourrai pas le supporter ; je dois y arriver, point final.

Je crois que Robert est en train de se réveiller, on devra sans doute se dépêcher et terminer toutes les tâches nécessaires avant de nous rendre à la place Sainte-Cassandre. Heureusement pour moi, le petit fermier a tout prévu et a travaillé d'arrache-pied hier soir pour nous soulager aujourd'hui. Il ne reste plus que les choses essentielles à faire chaque jour, comme donner à manger aux animaux, etc. Ça ne devrait pas nous prendre trop de temps.

Robert vient de me dire qu'il voulait bien s'occuper de tout aujourd'hui, et que je pouvais me concentrer sur ma mission (je lui ai vaguement expliqué pour Marie, et que je pouvais utiliser son souhait).

Je ne le remercierai jamais assez pour tout ce qu'il a accompli pour moi. Il bénéficiera également de notre réussite, je mets un point d'honneur là-dessus.

Comme j'ai du temps, je vais chercher Isabella, Yves et tous ceux qui nous ont aidés dans notre projet. J'aimerais que tout le monde soit réuni sur la place Sainte-Cassandre pour pouvoir profiter de notre victoire.

Cela dit, si l'on n'arrive toujours pas à concrétiser nos plans, j'ai peur de leur demander de venir pour rien, surtout Yves, qui est en piteux état depuis que sa maman est décédée. Ce qui me fait penser que je ne l'ai plus vu depuis un moment. J'espère qu'il va bien.

Finalement, je ne vais pas les chercher. Ils pourront tout de même en profiter plus tard.

Je vais toutefois me rendre chez Isabella ; je sais que l'école est fermée aujourd'hui, à cause du festival du Laby (je me demande quelle excuse ils ont trouvée à dire aux élèves qui ne sont pas au courant de l'existence de ces créatures).

Mais avant d'y aller, je compte bien savourer un délicieux petit déjeuner, le pain de chez Robert est si bon.

C'était succulent, meilleur de jour en jour. Je suis prêt à partir désormais, je vais prendre mon journal avec moi (je me rends compte que je ne le quitte plus). Toutefois, je laisse ma dame-jeanne ici, car elle est bien trop encombrante et je peux me passer d'eau une journée. Isabella m'en donnera un peu, de toute façon.

Allez, je me mets en route.

Quelle erreur monumentale ! Pourquoi ai-je demandé un vœu pareil à Marie ? J'ai été complètement aveugle sur mes priorités, comment ai-je pu laisser les choses aller si loin ?

Quand je suis arrivé dans le village, je suis tombé sur Isabella, couchée sur le sol, la tête enfoncée dans l'herbe. Je n'ai jamais eu aussi peur de toute ma vie, j'ai bien cru qu'elle était morte. Je l'ai secouée et elle a émis un petit gémissement. À côté d'elle se trouvait un énorme sac avec deux gros pains à l'intérieur, ainsi que d'autres aliments de base, dont une partie était renversée par terre. Je l'ai aidée à se relever et lui ai ramassé ses denrées. Elle a marmonné une réponse que j'ai prise pour un merci et s'est mise à marcher vers l'endroit d'où je venais, à savoir l'exact opposé de sa maison. J'ai essayé de lui dire qu'elle se trompait de route, mais elle voulait à tout prix continuer par là. Sans même dire un mot, elle se contentait de me pousser pour que je ne sois plus sur son chemin. Si j'avais su qu'elle devait en faire autant, la pauvre, elle est épuisée. Son père ne devrait pas la laisser chercher tous ces vivres.

Le pire, c'est que je n'ai rien vu venir, alors que tout était sous mes yeux. J'ai remarqué depuis plusieurs jours qu'elle maigrissait et perdait en force, mais à chaque fois, il se passait l'une ou l'autre chose qui faisait renaitre sa volonté, et j'ai cessé de m'inquiéter. Mais là, ce n'est plus possible. J'ai découvert mon amie dans un état que je ne voulais jamais voir. C'est clair à présent, elle a besoin de moi, je ne peux pas la laisser sans rien faire. Je dois l'aider.

Alors, je suis parti en courant, sans m'arrêter, jusqu'à la ville. Il m'a fallu plusieurs longues minutes pour y parvenir, pendant lesquelles mon esprit s'est tourné vers Isabella. Je me suis répété qu'elle devrait attendre encore un peu, et que je pourrais la soutenir par la suite. Mais rien à faire, je n'étais pas d'accord avec ça : je devais l'aider. Je me suis rendu jusqu'à la charrette de Marie et j'ai ordonné à cette dernière d'oublier le vœu qu'elle devait faire. Je lui ai dit qu'à la place elle devait souhaiter le bonheur et la guérison d'Isabella, pour qu'elle aille mieux.

Mais la petite fille m'a ri au nez.

« Je refuse, m'a-t-elle dit. Ta première idée était bien plus intéressante. Si j'aide ton amie, jamais on ne pourra jouir d'une infinité de vœux. »

Je me suis alors énervé sur elle :

« Je m'en fiche ! On aura le temps plus tard, on retrouvera des enfants en souffrance et ils feront eux-mêmes ce souhait. Je t'en prie, si tu refuses de le faire, j'ai peur qu'Isabella meure de fatigue. »

Et ça serait ma faute. C'est moi qui l'ai entrainé dans tout cela. Si j'avais su à quel point son quotidien était éprouvant, je n'aurais jamais proposé à ce qu'elle m'accompagne pour voir toutes ces âmes en détresse. Elle qui est si sensible…

Pourquoi diable je ne me rends compte de ça que maintenant ??

« Tu t'affoles, et la panique te rend stupide, Arnold McMusset », m'a confié Marie. « Si tout se passe bien, tu pourras formuler ton souhait tout de suite après moi. Tu demanderas à aider ton amie. Je ne comprends pas pourquoi tu aimerais bouleverser nos plans. »

Elle avait tout à fait raison, je le reconnais. Voir Isabella dans cet état m'a tellement fait peur, que j'en ai perdu toute rationalité. Ce que j'ai pu être stupide ! Et malgré ça, je voulais toujours soutenir Isabella en premier lieu.

Moi qui croyais connaitre mon amie, je me suis trompé sur toute la ligne.

Non seulement j'ai douté d'elle à un moment, ce qui est idiot maintenant que j'y pense. Mais en plus, j'ai été aveugle. J'aurais dû savoir qu'elle allait souffrir autant que tous les enfants qu'elle a rencontrés. Et qu'elle allait être triste pour eux et prendre leurs problèmes à cœur, jusqu'à s'engager activement à les aider...

Wow, je viens de comprendre quelque chose. C'était si évident, mais ça ne m'a même pas traversé l'esprit jusqu'à présent. Ce que je peux être stupide ! Le plus idiot de tous les idiots.

Elle ne s'est pas trompée de direction, tout à l'heure, quand je l'ai vue couchée à même le sol. Elle n'allait pas chez elle sous les ordres de son père. Elle est allée de son propre chef chercher de la nourriture pour Yves. C'est forcément ça.

Elle a pris le problème tellement à cœur qu'elle a décidé de l'aider en effectuant des kilomètres presque tous les jours pour qu'il puisse manger, comme la fois où on s'était rendu compte que quelqu'un avait volé toute la nourriture du petit garçon. Voilà pourquoi il est encore vivant, même s'il reste sans cesse couché dans son vieux canapé plein de trous. Si ça se trouve, elle fait ça pour tous les enfants qu'on a vus. Plus j'y pense, et plus c'est logique.

Oh, Isabella, pourquoi t'es-tu donné tant de mal... On allait les aider avec nos souhaits.

Je dois en avoir le cœur net : je suis toujours proche de la charrette de Marie, je fonce lui poser la question...

Oui, Isabella est revenue. Marie me l'a confirmé. Une fois par semaine, elle allait lui demander si elle avait besoin de quelque chose, et elle lui apportait de temps en temps une miche de pain, car son père ne la nourrissait pas quotidiennement.

Je me déteste.

Je me déteste.

Je suis complètement stupide.

Moi qui pensais connaitre mon amie, c'est raté. Elle a accompli tout cela sans que je m'en aperçoive. Elle ne s'en cachait même pas, c'est ça qui me fait le plus de mal. J'ai juste choisi de l'ignorer, tellement concentré sur mes plans que j'étais.

Elle mérite tous les souhaits du monde.

Vivement que cette journée se termine, qu'on puisse enfin tous être heureux. Qu'on soit réunis, toi et moi. Qu'Isabella puisse se reposer. Que Yves possède une maison, de l'argent, de quoi manger tous les jours, le bonheur. Et de même pour tous les autres enfants. Que Joseph puisse vivre librement et aller à l'école sans avoir à se cacher. Même Alphonse mérite d'être guéri. Cet idiot de Sylvain est le seul qui devrait être malheureux, ainsi que mes parents.

Oui, une fois que la journée sera finie, tous ceux qui le méritent seront heureux, pour toujours.

Je vais rester auprès de Marie pendant encore quelques heures avant de partir vers notre destin.

14 Juin 1850 (Soir)

Évidemment, la place était bondée, peut-être même plus que la dernière fois.

Quand Marie et moi sommes arrivés, nous avons immédiatement entamé le chemin vers l'arbre central. Malheureusement, l'emplacement était déjà pris... par nul autre que Sylvain Rough.

Argh, ce que je peux détester ce type ! Je ne comprends toujours pas comment j'ai pu en faire mon allié.

Nous avons alors marché vers le côté opposé, où presque aucun stand ni aucun monde n'était présent, et nous nous sommes assis par terre. On ne pouvait presque rien voir de là où nous étions (de là où nous sommes, plutôt, car on y est encore actuellement). Dans tous les cas, je sais comment les choses se passeront. Si c'est comme la dernière fois, attendre que le Laby apparaisse suffira. Tous les adultes et gens qui ont déjà fait leur souhait devront obligatoirement se reculer.

Marie est intelligente et confiante, je sais qu'elle parviendra à faire le vœu sans souci. Elle est d'ailleurs bien plus convaincue que je le suis dans la réussite de notre plan. Je dois seulement espérer qu'elle ne me trahit pas à la dernière minute, mais, dans tous les cas, je n'ai pas de pouvoir là-dessus, alors je croise les doigts.

Ça sent si bon sur la place, une odeur sucrée qui me donne envie d'acheter et de déguster tout ce qu'on peut y trouver. Des gens passent sans cesse avec de délicieuses confiseries dans leurs mains, lesquelles semblent encore chaudes. J'ai vu un enfant avec un minuscule Laby fait en caramel, quel supplice que de devoir lorgner cela sans en profiter !

Isabella est arrivée il y a quelques minutes, si tu veux tout savoir. Elle avait l'air en meilleure forme que ce matin, mais elle restait très faible et ne parlait pas beaucoup. Son regard ne cesse de s'interrompre pour se poser dans le vide, j'ignore où.

Elle m'a donné un peu d'argent pour que je m'achète de quoi grignoter, ainsi qu'à Marie. Alors je vais voir ce que je peux ramener d'un stand.

Me voilà de retour. J'ai pris ce qui ressemble à une pâte de fruits pour Marie, ainsi que du chocolat au caramel pour Isabella. Elle m'a dit que c'était pour moi, mais j'ai insisté pour qu'elle le mange. Ça lui a fait du bien, elle a tout de suite gagné en énergie. Ça me rassure.

Je repense à l'état dans lequel je l'ai trouvée ce matin, et m'imaginer son expression perdue me fait encore mal. J'ai failli lui demander si mes suppositions étaient exactes, si elle effectuait bel et bien tous les efforts possibles pour Yves et les enfants rencontrés, mais j'ai préféré me taire.

Il commence à se faire tard, j'ai l'impression. Le soleil est toujours haut dans le ciel, ce qui est normal en cette saison, mais je sens que le Laby va bientôt arriver. Ce n'est plus qu'une question de temps.

J'ai discuté avec Marie et Isabella. Rien d'intéressant n'est ressorti de cette conversation, malheureusement, mais les deux filles semblent s'entendre à merveille. Je me demande combien de temps Isabella a passé auprès de Marie, quand elle lui rendait visite, probablement longtemps.

Pendant qu'elles bavardaient, j'en ai profité pour scruter la foule. J'ai vu monsieur Mars, exactement au même endroit que la dernière fois. J'ai remarqué que Sylvain était toujours sur le muret de l'ancien puits où se trouve l'arbre, mais qu'il avait été rejoint par quelqu'un que je n'ai pas pu distinguer. Ce dernier avait juste son coude de visible, car il était caché derrière le tronc.

J'ai aussi repéré madame Johnson, en train d'envouter un groupe de trois femmes. Les pauvres ne pourront plus s'échapper, à présent. Elles seront contraintes de l'écouter parler pendant à peu près 8 jours d'affilée. Ce qu'elle peut être maléfique, madame Johnson !

Et heureusement, je n'ai pas vu mes parents.

Ni Andy… et ça, c'est étonnant.

D'ailleurs, je me demande si Alphon

Le Laby arrive.

Comment dire… je manque cruellement d'espace. J'ai bien fait de laisser un vide avant la rédaction automatique, ça me permettra d'ajouter un peu de contexte.

J'ai conscience que cette phrase est étrange, alors je vais te raconter la suite des évènements pour que tu puisses mieux comprendre.

Quand le Laby est apparu, il s'est passé exactement la même chose que la dernière fois. Les adultes se sont écartés, et il n'est plus resté que quelques enfants (dont Andy, c'était lui le coude derrière l'arbre).

J'ai demandé à Marie de tout faire pour être dans les premiers dans la file d'attente, et elle a réussi à se mettre à la troisième place, juste derrière les jumelles qui sont avec Andy. Je n'étais pas confiant, alors j'ai couru jusqu'au centre pour aider Marie à se positionner à l'avant. Mais à peine avais-je eu le temps de m'élancer, qu'une masse massivement massive m'a percuté et m'a immobilisé sur le sol. Je te le donne en mille, c'était Sylvain. Lequel s'est empressé à m'humilier en chantant la chanson qui ne me quitte plus l'esprit depuis :

« Aaaaarnold McMusset, il était tant elle l'aimait.

Aaaaarnold McMusset, elle l'aimait tant il était. »

Je déteste Sylvain.

(Diantre, je vais vraiment devoir raccourcir mes explications, la suite du texte est déjà écrite et particulièrement proche.)

J'ai crié à Marie d'à tout prix se mettre à l'avant de la file, et elle a joué des coudes avec les deux jumelles pour y arriver. Elles devaient avoir un ou deux ans de moins qu'elle, alors Marie a pu en pousser une par terre et passer devant l'autre, qui voulait aider sa sœur à se relever. Elle s'est dès lors empressée d'exprimer son vœu au Laby, qui attendait, appuyé contre le tronc de l'arbre :

« Je souhaite que tous les Laby qui sont sur le point de mourir, des temps passés comme futurs, soient amenés ici, sur la place Sainte-Cassandre. Immédiatement. »

La créature a mis une éternité avant de dire les mots suivants :

« Souhait accepté. »

Victoire.

Suite à cela, un tremblement de terre a retenti partout autour de nous. Il était si violent que la plupart des gens sont aussitôt tombés. Mes yeux se sont d'instinct posés sur un endroit précis. Une fente s'est dessinée sur le sol, laquelle s'est mise à traverser l'entièreté de la place, passant sous l'arbre central. Elle a terminé sa course on ne sait où. La fissure s'est élargie, jusqu'à faire au moins un mètre de large, et la terre a grondé de plus belle.

Puis, plus rien. Le monde s'est comme arrêté de tourner, tout était calme, comme si plus aucun son n'existait.

Les gens se sont relevés péniblement. Et à peine étaient-ils debout que le grondement est revenu comme s'il n'était jamais parti. J'ai observé la faille dans le sol, et une pluie bleue a jailli de l'interstice. J'ai mis plusieurs secondes pour me rendre compte de ce qui était réellement en train de se passer. Le jet qui sortait de la fissure était tout sauf de l'eau. Ce n'était même pas un liquide.

Non, c'était des Laby.

Des centaines et des centaines de Laby étaient projetés à au moins cinq mètres de hauteur. Les premiers à atterrir se sont empressés de voler jusqu'à nous et à nous hurler dans les oreilles :

« Faites un souhait, faites un souhait, faites un souhait. »

Le vacarme était insupportable. Toutes ces créatures face à nous, nous suppliant presque de leur réclamer un vœu. J'ai bien cru que ma tête allait exploser, mais ce n'était pas le moment d'être déconcentré, il fallait que j'en profite. J'ai alors lancé sans trop savoir à qui :

« Je souhaite… »

Puis je me suis interrompu. J'ai bien vu que les gens ont cédé à la panique. Bon nombre d'entre eux se bousculaient et se marchaient dessus pour fuir (au lieu d'en profiter calmement. Ceci dit, je dois admettre que les Laby s'affolaient énormément eux aussi, ce qui a dû effrayer la foule). Je ne voulais pas que tu arrives au beau milieu de ce désastre, pour ta sécurité.

Alors j'ai tenté autre chose. De toute manière, j'avais déjà formulé mon souhait, par conséquent, si on m'en autorisait un autre, j'avais gagné. Et j'en aurais droit à autant qu'il n'y avait de Laby paniqués sur la place.

De toute façon, j'ai tout de suite compris que ça allait fonctionner. Tous ces Laby sont ceux qui sont censés mourir dans les minutes qui arrivent. Alors, ils font tout pour exaucer des vœux et ainsi prolonger leur espérance de vie. Je me demande comment un Laby peut se retrouver dans une telle situation. Après tout, s'il sent qu'il va périr, il n'a qu'à rencontrer le premier humain qu'il croise. Il lui dira ensuite de formuler un souhait, peu importe s'il a déjà eu affaire à un Laby plus tôt dans sa vie ou non. Ils ont certainement mis en place un système entre eux. Il existe peut-être une police des Laby qui empêche les mourants de faire une chose pareille. Parmi tous ceux qui sont apparus ce soir, certains semblaient en retenir d'autres par les bras, et arboraient un visage moins apeuré, comme si leur vie n'était pas en danger. Je ne sais pas, je vais simplement penser que tout ceci me dépasse.

« Je souhaite que tout ce qu'il se produit autour de moi soit inscrit dans mon carnet au moment où cela se passe », ai-je réclamé à deux ou trois Laby dans mon champ de vision.

L'un d'eux m'a dit :

« Il te faut un rédacteur, désigne quelqu'un pour faire office de rédacteur en temps réel. Ton potentiel de souhait n'est pas assez puissant pour que cela se fasse tout seul. »

Mais je ne voulais pas. Il est hors de question que quelqu'un soit conscient de ma vie et puisse écrire dans mon journal. C'est mon carnet, personne d'autre que moi ne peut le consulter, et Isabella… mais je refusais de lui imposer une chose pareille.

Mon regard s'est alors posé sur monsieur Mars, au loin, qui gisait par terre, piétiné par autant de personnes que de Laby. Le pauvre tentait de ramper vers le stand le plus proche, sans doute pour se protéger.

« Tu veux que ça soit cet homme-là ? » m'a demandé un Laby. « Très bien. Souhait accepté. »

Suite à cela, monsieur Mars a disparu. D'instinct, j'ai tourné plusieurs pages de mon carnet et ai remarqué que des lignes s'inscrivaient toutes seules. Heureusement que j'ai pu le faire, car ça m'a permis de laisser un espace vide pour écrire après coup.

Voilà le contexte. Monsieur Mars est dans mon journal, à présent, et note tout ce qui se passe, comme s'il était le narrateur d'un livre. Cela dit, qui de mieux que lui pour tenir un pareil rôle ?

Mais ça reste injuste, il ne méritait pas un tel sort. J'ai cru qu'il rédigerait en son nom, qu'il se demanderait où il se trouvait, etc.

Mais non, c'est comme s'il avait perdu toute identité et qu'il se contentait de narrer objectivement les faits. Pauvre monsieur Mars.

Quoi qu'il en soit, je n'ai plus beaucoup d'espace de vide. Le reste a été écrit par Fadet Mars.

Je ne sais trop quoi dire, tout cela est si perturbant.

J'ai lu ce qu'il a inscrit, et c'est assez fidèle à la réalité (excepté la manière dont il me dépeint). Je suis sûr que son aversion pour moi altère la description qu'il se fait de moi, il n'est pas objectif… S'il te plait, n'en tiens pas rigueur, il a tout exagéré. Bref, je te laisse lire le reste, rédigé par monsieur Mars.

Arnold cria à l'attention de la créature la plus proche :

– Mais ça ne va pas ? Je n'ai pas voulu ça !

– Trulla Yes Trulla, se contenta de rétorquer le Laby, avant de disparaitre.

Arnold cligna des yeux une bonne douzaine de fois, avant de se faire percuter par un homme qui espérait fuir le plus loin possible. Il ne tomba pas, mais fut légèrement sonné.

Quand il reprit ses esprits, il regarda partout autour de lui pour constater ce qui était en train de se produire à la suite du souhait de Marie.

Des dizaines de Laby volaient à la poursuite de quiconque se trouvait encore sur la place. Plusieurs personnes étaient allongées à même le sol, et Arnold ne pouvait dire si elles étaient vivantes ou non. Il repéra Isabella, à deux mètres de lui, entourée par un nombre incalculable de Laby qui lui hurlaient tous dans les oreilles. Ils formaient comme un cyclone autour d'elle, de même que pour d'autres habitants.

Arnold courut vers son amie, s'enfonça dans la tornade de Laby et saisit la main d'Isabella. Ses deux paumes lui bouchaient les oreilles. Alors, quand Arnold la força à en enlever une, elle se mit à crier :

– Nooooon, ce bruit est insupportable.

Arnold parvint à peine à l'entendre, mais la tira du plus fort qu'il pouvait pour l'emmener en sécurité. Il se dirigea vers une épicerie, située à quelques pas seulement d'eux, mais une poignée de Laby bloquait l'entrée.

– Je souhaite que vous vous écartiez de mon chemin, dit-il dans le vide. Bande de mochetés.

Les Laby furent projetés dans toutes les directions, et Arnold et Isabella purent ainsi franchir la porte de l'épicerie qui fut, heureusement pour eux, entrebâillée. Il la ferma aussitôt et constata avec effroi que quelqu'un avait cassé la serrure. Il voulut déplacer un objet devant, mais la porte s'ouvrait vers l'extérieur, alors il n'essaya même pas de la condamner.

Il emmena Isabella jusque derrière le comptoir et emprunta une seconde porte, qui menait vers une remise avec toutes sortes de produits périssables.

Quand il referma la porte, il entendit une voix chantonner derrière lui :

– Aaaaarnold McMusset, il était tant elle l'aimait.

– Tout, mais pas lui, chuchota-t-il pour lui-même.

Il se retourna et fit face à Sylvain, qui le fixait d'un œil mauvais. À côté de lui se trouvait Andy et Alphonse, ce fut ce dernier qui prit la parole :

– Bonjour, Isabella, Arnold. Je te remercie pour tout ce chaos, j'espère que tu as pu bien en profiter.

– Pas encore, je n'ai pas fait les souhaits que j'avais en tête. Tu pourras faire tout ce que tu veux après, je m'en fiche, mais laisse-moi faire mes vœux, sale traître.

Alphonse se leva du petit bac en bois d'où il était assis, et s'approcha d'eux.

– Ne t'inquiète pas, fais donc, je m'occupe du reste. Je vais tout réparer, soigner tout le monde, fleurir les environs, et bien plus encore. Dès demain, cette histoire de Laby qui inondent la place ne sera plus qu'un vague souvenir. De même que la faim et la souffrance dans le monde.

– Comme je te l'ai dit, tu peux agir à ta guise, ça m'est égal. J'ai d'autres chats à fouetter. Je voulais juste mettre Isabella en lieu sûr et retourner faire mes souhaits. Tu ne devrais pas faire de même ? Laisse-moi tranquille, maintenant, je dois poursuivre mes objectifs, et tu es dans mes pattes.

– J'ai déjà réalisé divers vœux, comme un éclaircissement mental. Tu as remarqué que j'allais bien mieux qu'avant ?

Arnold était perplexe. Alphonse lui parlait comme à un ami, sans aucune agressivité dans la voix, ce qui n'était pas le cas de Sylvain, qui dit sauvagement :

– Taisez-vous. Dégage, McMusset ! On ne veut pas de toi ici, tu nous as laissés tomber, tu ne mérites même pas tout ça.

Arnold sentait la rage en Sylvain. D'ici quelques secondes, il allait se prendre son poing en pleine figure. Du moins, c'est ce qu'il devait se passer, mais Isabella était juste à côté d'eux. Jamais Sylvain ne frapperait Arnold si elle est dans les parages. Il se contenta de le pousser en dehors de la remise.

– Ne t'en fais pas, lança Andy au loin, Isabella est en sécurité ici. Pars tranquille.

Arnold voulut crier à son amie de ne pas rester avec eux. Mais, il savait au fond de lui qu'elle serait plus à l'abri ici qu'à l'extérieur, avec tous ces Laby et humains en proie à la panique. Alors, il se laissa trainer dehors par Sylvain.

– Aaaaarnold McMusset, chanta la brute. Il était tant elle l'aimait.

– Arrête avec cette chanson, Sylvain. Elle ne me quitte plus, c'est insupportable. Espèce d'imbécile.

– C'est agaçant ? Tant mieux, c'est tout ce que tu mérites. J'ai tout fait pour toi, et toi, tu m'as évincé. J'espère que ce refrain te restera en tête pour toujours, d'ailleurs, ça me donne une idée.

Il ouvrit la porte de l'épicerie, poussa Arnold en dehors et annonça à haute voix :

– Je souhaite qu'Arnold ait cette chanson dans le crâne pour l'éternité, et pareil pour sa petite copine.

Et il claqua la porte avant même d'entendre un Laby lui dire « Souhait accepté ».

– Abruti ! cria Arnold. J'ai déjà la mélodie en tête. Quel écervelé…

Tout autour de lui se mouvaient des dizaines et des dizaines de créatures aux longues pattes bleues, dont la plupart avaient perdu une partie de leur visage ou de leur corps. Chacun d'eux hurlait et implorait les humains présents autour d'eux. Cela, ajouté à la chanson qui résonnait dans sa tête, rendit Arnold fou. Il se boucha les oreilles et se mit à crier à son tour. L'intensité dans sa voix lui rappela celle du père de Marie lorsqu'il l'avait éventré de sang-froid avec un couteau.

– NON, NE PENSE PAS À ÇA, ABRUTI, vociféra-t-il à lui-même.

Il sortit son carnet de son sac à dos et vit les mots qui y étaient inscrits.

– ARRÊTE, hurla Arnold. N'ÉCRIS PAS ÇA.

Arnold pressa ses doigts devant le texte, comme pour l'empêcher de se rédiger, mais rien n'y fut. Il relut alors le précédent paragraphe et s'immobilisa sur la phrase expliquant qu'il avait éventré le père de Marie.

– EFFACE ÇA. PITIÉ.

Arnold se dit que la meilleure chose à faire était de ne plus songer au papa de Marie, et que Fadet Mars écrirait autre chose. Mais plus il se concentrait, plus il y pensait. Il se mit à revoir le visage de cet homme, assis par terre, lui suppliant de l'épargner.

– ARRÊTE.

Il tenta de visualiser la tête de sa maman, mais le père de Marie la remplaça sans cesse. Arnold s'imagina marcher vers lui et lui planter la pointe de son couteau dans la poitrine.

– JE N'AVAIS PAS LE CHOIX, IL FALLAIT QUE JE LIBÈRE MARIE DE SA DOULEUR, J'AI TOUT FAIT POUR QU'IL NE SOUFFRE PAS, mentit-il.

– COMMENT ÇA, MENTIT-IL ? C'EST LA VÉRITÉ, JE LE JURE. STUPIDE JOURNAL.

Arnold envisagea de déchirer la page qu'il avait sous les yeux, mais un Laby le frappa brusquement. Il se redressa tant bien que mal et saisit le carnet qui était tombé à quelques pas de lui. Il le mit sous son t-shirt et se dit qu'il se chargerait de ça plus tard. En attendant, il allait devoir réagir s'il voulait profiter de la situation à son avantage.

Ce qu'ils pouvaient être repoussants, les Laby ! Pas étonnant que la plupart des gamins furent choqués en les apercevant, pensa Arnold.

– Je souhaite que les Laby aient un aspect que les enfants aiment.

– Souhait accepté.

Le tourbillon bleu vira au marron, il put distinguer certains Laby, et remarqua qu'ils avaient pris l'apparence de divers animaux. Il y avait des poules, des lapins, des moutons, mais tous avaient encore leur trou dans le corps, ce qui ne les rendait pas beaucoup plus attrayants. À l'exception d'un ou deux Laby isolés, tous présentaient une teinte brune, semblable à du chocolat.

– Fais un vœu, fais un vœu ! ordonnèrent toutes les voix simultanément.

Arnold eut du mal à raisonner, il avait l'impression que ses oreilles allaient exploser.

– Je souhaite que vous soyez silencieux. Fermez-la, vous m'empêchez de me concentrer. Vous êtes censé des êtres supérieurs ; il ne faut pas plus de trois neurones pour comprendre que votre comportement est contreproductif quand vous nous harcelez pour qu'on fasse un souhait. Je vous en réclamerai plein, mais soyez patient. Bande d'idiots.

– Souhait refusé. Je te prierais de t'adresser à nous d'une autre manière, où tu le regretteras.

– La ferme, je vous dis. Vous allez m'obéir, vous êtes trop désespérés pour vous passer de moi. Écoutez-moi, maintenant…

Des dizaines de voix continuèrent à crier tout autour, à lui demander de formuler des vœux, tandis que d'autres se plaignaient de la façon dont il leur parlait.

Arnold n'en pouvait déjà plus. Il comprenait à présent pourquoi Alphonse et les autres s'étaient réfugiés à l'intérieur, ils réfléchissaient sans doute à un plan pour ne pas mourir de folie en deux minutes. Il aurait bien voulu rentrer à nouveau dans l'épicerie, mais il savait qu'on ne lui autoriserait pas. Il mobilisa alors toute la concentration qu'il avait à disposition et formula un vœu :

– Je souhaite être emmené à l'école où j'ai tout appris, ainsi que dix d'entre vous.

– Souhait accepté.

Tout devint flou autour de lui, il ferma les yeux qui commençaient à lui piquer et se les frotta avec les index. Le bruit ambiant avait pratiquement disparu et, quand il rouvrit les paupières, il se trouvait dans la cour de récré qu'il connaissait tant. Dix créatures brunes lui tenaient compagnie, lesquelles criaient toujours « Fais un souhait ».

Mais ce fut moins éprouvant que lorsqu'elles étaient plusieurs centaines.

– Enfin, vous acceptez mes vœux, il était temps ! Bon, je veux que huit d'entre vous se rendent chez Yves, Robert, le Petit, et Joseph. Ce sont quatre enfants que je connais, je visualise leurs visages dans ma tête, n'allez pas près d'autres personnes portant le même nom !

– Souhait accepté.

Arnold se dit qu'il n'avait pas mentionné Marie, mais, comme elle était sur la place Sainte-Cassandre en ce moment, elle devrait sans doute être en train de faire des dizaines de vœux. D'ailleurs, il s'inquiéta de ne plus l'avoir vue ensuite, mais négligea rapidement cette pensée.

Il se retrouva alors en compagnie d'une seule créature. Laquelle était une vache géante, toute brune, avec des taches noires. Il lui manquait une corne, ainsi qu'une partie du visage et du dos. Il pensait que deux Laby seraient encore avec lui, mais avait oublié que ça lui avait couté un vœu d'envoyer les 8 autres près de ses amis…

– Je veux que mon âme sœur soit ici, dit-il fermement.

– Souhait refusé.

– QUOI ? POURQUOI ?

– Tout simplement parce qu'elle n'existe pas.

Les yeux d'Arnold s'ouvrirent si grand qu'on aurait dit qu'ils allaient sortir de leur orbite.

– C'est impossible, elle existe, j'en suis persuadé. Ça ne peut pas être autrement, il doit y avoir une erreur. Je sais qu'elle existe, je le sens au plus profond de moi. Pourquoi tu me racontes ça ? Explique-moi la vérité ! Je veux que mon âme sœur soit auprès de moi. Si tu te moques de moi, je t'assure que ça va mal finir. Tu as intérêt à accepter mon souhait. Je n'ai pas fait tout ça pour rien. Espèce d'enfoiré.

– Ton âme sœur n'existe pas, Arnold McMusset, continua le Laby. Mais elle existera un jour. Elle naitra dans plusieurs centaines d'années. Tu ne peux pas la forcer à venir à toi ; c'est elle qui devra prendre cette décision. On ne peut faire apparaitre ce qui n'existe pas, mais on peut aller là où les choses ont précédemment existé.

Arnold ne comprenait pas ce que le Laby racontait, mais il s'en fichait éperdument. Il ne pouvait pas voir son amour ; c'est tout ce qu'il en retint.

– Si elle doit venir de son propre chef, alors soit, répliqua Arnold sur un ton de défi. Je veux que deux de tes camarades Laby, toujours sur la place Sainte-Cassandre, soient téléportés jusqu'à moi.

– Souhait accepté. Trulla Yes Trulla.

La vache disparut et légua sa place à un ourson et un poussin.

– Je veux que mon âme sœur, au moment où elle verra le jour, possède un souhait supplémentaire.

– Une chose pareille est interdite, commença l'ours. On ne peut…

– Souhait accepté, dit alors le poussin. Trulla Yes Trulla.

Et il se mit à rire avant de s'effacer à son tour, laissant Arnold seul avec l'ourson.

– Hita… marmonna la créature, il n'aurait jamais dû agir ainsi. Nous n'avons pas le droit d'exécuter un désir tel que celui-ci.

– Lui, au moins, il n'a pas peur de réaliser les vœux des gens, commenta Arnold. Si tu es désespéré, tu devrais exaucer n'importe quel souhait. Maintenant, écoute-moi. J'aimerais te demander une faveur, et tu n'as pas intérêt à refuser.

Arnold s'approcha de l'ours et agita la main devant son visage, permettant à la créature de se reconnecter avec le moment présent.

– Tu en as pour combien de temps, avant de mourir ? voulut savoir Arnold.

– Deux heures, je dirais, lui répondit l'ourson.

– C'est largement suffisant. Tu penses pouvoir attendre ici que je note quelque chose dans mon carnet ? Je te réclamerai un souhait après cela.

– Tu as déjà fait tellement de vœux, bien plus qu'un humain n'en a le droit dans toute son existence. Je ne sais pas si je devrais m'y résoudre. Mais d'un autre côté, avec tous les débordements qui se sont produits en ce moment, cela m'étonnerait qu'il y ait des conséquences à mes actes. Suivant ton souhait, je peux gagner plusieurs semaines d'espérance de vie, ça vaut le coup que je t'attende.

Arnold trouva que ce Laby était très bavard. C'était rare que l'un d'entre eux donne autant d'information gratuitement, mais il ne s'en plaignit pas.

Il sortit son journal de sous son t-shirt, prit son crayon et se mit à écrire : « Waw, le narrateur s'est arrêté pile avant que je pose la pointe sur la feuille. » C'est assez comique.

Je tiens à dire que oui, je garde mon carnet sous mes vêtements, et que j'ai trouvé un moyen pour qu'il ne tombe pas quand je marche, mais là n'est pas la question.

Chère âme sœur, si tu vois ce message, tu as probablement terminé la lecture de mon cahier, et tu souhaites toujours me rencontrer. Je t'attends.

NOUS SOMMES LE 14 JUIN 1850, LE JOUR DE LA GRANDE RÉVOLUTION DES VŒUX, COMME J'AIMERAIS LE BAPTISER. JE ME SITUE PROCHE DE L'ENDROIT OÙ ELLE A DÉBUTÉ. J'IGNORE COMMENT SERA APPELÉE LA PLACE SAINTE-CASSANDRE À TON ÉPOQUE, DANS CE CAS, TU N'AS QU'À DEMANDER À ÊTRE LÀ OÙ LA RÉVOLUTION A COMMENCÉ, LE 14 JUIN 1850. AUPRÈS DE TON ÂME SŒUR, ARNOLD MCMUSSET.

Pardon d'avoir écrit en grand, mais je voulais être certain que tu vois le plus important. J'ai foi en toi, je sais que tu utiliseras ton deuxième vœu pour me retrouver, et que tu y arriveras. Tu possèdes toutes les informations nécessaires, alors, si tu ne viens pas, c'est que mon amour pour toi n'est pas réciproque.

Je t'aimerai toujours infiniment,

Arnold.

Il referma le carnet et leva les yeux vers le Laby, qui l'attendait. Il n'était plus qu'à un unique souhait de rencontrer la personne la plus importante de toute sa vie, et cette seule pensée le fit trembler de partout. Il déglutit et s'adressa au Laby :

– Je veux que mon journal soit livré à mon âme sœur, au moment où elle désirera en savoir plus sur moi, car je sais qu'elle le fera. Ça a été mon premier vœu, et je suis certain qu'il en sera de même pour elle.

L'ourson le regarda fixement avec son demi-visage. Il avait un côté mignon et repoussant à la fois, si bien qu'Arnold se demanda si l'ancienne apparence des Laby n'était pas mieux, en fin de compte.

– Souhait accepté, finit-il par dire. Trulla Yes Trulla.

Le Laby disparut dans un nuage de fumée. Arnold se retrouva seul en compagnie de son carnet, qui était toujours entre ses mains. Puis, ce dernier s'échappa de ses mains et s'envola à hauteur d'œil. Arnold comprit que son vœu était en train de fonctionner et eut un frisson dans l'échine.

– Après tout ce que j'ai enduré, tout ce que j'ai accompli pour nous... Enfin, nous pourrons être ensemble, murmura-t-il.

Le journal se mit à tourner dans les airs, de plus en plus vite. Arnold eut une pensée pour Isabella, Yves, Robert et tous les autres, grâce à qui tout s'est réalisé. Il songea à Alphonse et son plan pour « sauver tout le monde » et se dit qu'il ne savait même pas si le jeune garçon y parviendrait. Mais il s'en fichait. La terre pouvait être gouvernée par Alphonse, Andy, ou peu importe. Le plus important était qu'il allait enfin accomplir son rêve à lui.

Le livre tournoyait à présent si rapidement qu'Arnold ne distinguait même plus sa forme. Ce dernier s'éleva encore un peu dans les airs et tourbillonnait si vite qu

Ici Arnold, j'écris plus tard pour donner du contexte. Le journal s'est volatilisé et a arrêté de relater les évènements, j'ignore pourquoi. Quoi qu'il en soit, il a réapparu instantanément après, dans les mains de la plus belle fille que je n'ai jamais vue : Éléonore.

On s'est regardé un moment dans les yeux, avant de dire tous les deux d'une même voix :

– C'est toi.

Peu importe ce qu'il se passait autour de nous. Peu importe l'état de la place Sainte-Cassandre et le nombre de blessés, en ce moment, il n'y avait que nous, et rien que nous. C'est tout ce qui comptait.

Je suis actuellement à côté de toi, enfin... d'elle. Elle m'a dit qu'elle aimerait beaucoup le lire jusqu'au moment où elle est apparue, mais que la suite serait mon journal personnel. C'est ainsi qu'elle s'imagine les choses.

Je ne sais pas si c'est ce que je veux, je me vois mal écrire dans ce cahier uniquement pour moi-même.

Tout ceci est tellement bizarre, j'ai beau avoir enfin réussi, je ne peux m'empêcher de culpabiliser. Je pense que c'est à cause d'Isabella, je m'inquiète pour elle. Il se fait tard, je m'occuperai de tout cela demain. Pour l'instant, je ne souhaite qu'une chose : passer chaque secondes auprès d'Éléonore.

15 Juin 1850

Je ne sais toujours pas pourquoi j'ai agi de la sorte, mais je suis parti en pleine nuit pour constater les dégâts sur la place. Je voulais me rendre chez Isabella pour vérifier qu'elle allait bien, et j'ai dévié vers l'endroit où a eu lieu la grande révolution des souhaits.

Vide, mais propre. C'est comme si rien ne s'était jamais passé. Alphonse a sans doute réussi à tout réparer, et il va à présent contrôler le monde et le façonner à son image.

Ce n'est pas plus mal, au fond. Il ne peut pas faire pire.

Je m'en veux, je n'ai plus le moindre vœu, vu qu'il n'y a plus de Laby sur la place. Je suppose qu'Alphonse a trouvé un moyen de les maintenir en vie au même endroit, pour les utiliser, mais j'ignore où.

Éléonore est apparue, c'était mon souhait le plus cher, mais ce n'est pas les meilleures conditions pour elle. Sans souhaits, je ne peux réclamer maison et argent. Je m'étais promis de nous procurer un confort de vie jusqu'à notre mort, et j'ai échoué. À cause de moi, elle va devoir demeurer à la rue ou chez Robert. Je redoute de connaitre sa situation avant de venir me rejoindre, elle a peut-être tout perdu.

Elle dort en ce moment, sur une chaise dans mon ancienne école…

Je suis un monstre.

J'espère au moins que les Laby que j'ai apportés auprès des personnes qui m'ont aidé auront servi à améliorer leur existence. Ils le méritent.

Les choses ont changé pour tout le monde, c'est indéniable, mais j'ai peur d'apprendre si c'est en bien ou en mal.

Je ne sais même plus pourquoi j'écris dans ce cahier, ni même si monsieur Mars reviendra un jour pour rédiger à ma place. Où est-il ? Est-il seulement en vie ? L'ai-je tué ?

Et Sylvain, il profite sûrement de tous les vœux du monde grâce à Alphonse et Andy. Soit.

En tout cas, j'ai toujours une raison de me battre : Éléonore.

Elle m'attend, et a besoin de moi, je ne l'abandonnerai jamais.

J'arrive au bout de mon journal. C'est bête, mais j'espérais le clore avec une note positive.

« J'ai trouvé l'amour de ma vie, nous nous prélassons dans le bonheur et dans le luxe, et ce, jusqu'à la fin de nos jours ». J'aurais ensuite fermé mon carnet avec une larme de joie, signe que tout ce labeur aura servi à quelque chose.

La réalité est toute autre. Je vais refermer ce journal, mais j'aurai un goût amer dans la bouche, un goût de culpabilité. Je suis honteux d'imposer une vie pareille à Éléonore. Une existence de pauvres qui devront lutter chaque jour pour vivre.

Ce sont là véritablement mes dernières lignes, je dois admettre qu'il m'a bien tenu compagnie, ce petit carnet. Mais maintenant qu'Éléonore m'accompagnera pour toutes les épreuves de ma vie, je ne vois pas pourquoi je continuerais à écrire ici… Je n'en ai plus du tout envie.

On en traversera, des obstacles, elle et moi, c'est indéniable. On doit construire toute notre vie à partir de rien. Pour elle comme pour moi, l'histoire ne fait que de commencer. Les difficultés seront régulièrement là, mais on avancera, à deux.

Je suis là tant qu'elle m'aimera.

Et elle m'aimera tant que je serai là pour elle.

LIVRES DE CETTE SÉRIE

Trulla

1. La Bêtise Du Souhait

Wilbur et ses amis n'ont qu'une seule idée en tête : construire un fort dans la forêt.

Mais à peine ont-ils commencé qu'ils se retrouvent nez à nez face à une créature qu'ils n'ont jamais vue auparavant. Celle-ci leur fait une mise en garde, elle leur dit qu'ils auront bientôt droit à un vœu chacun, mais que l'un d'entre eux utilisera le sien pour faire une grave bêtise.

Ils apprendront vite que la prédiction de la créature peut être évitée. C'est alors que le groupe se divise en deux :

D'un côté, il y a ceux qui veulent absolument faire leur souhait.

De l'autre, il y a ceux qui veulent les en empêcher.